Anna Herzog

Der Tag, an dem Weihnachten verschwand

Meiner Mutter

Anna Herzog

Der Tag, an dem Weihnachten verschwand

Mit Illustrationen
von Joëlle Tourlonias

Ravensburger

FSC
www.fsc.org
MIX
Papier aus verantwortungsvollen Quellen
FSC® C111262

1 3 5 4 2

Ungekürzte Ausgabe

Umschlaggestaltung: Maria Seidel unter Verwendung
einer Illustration von Joëlle Tourlonias
Innenillustrationen: Joëlle Tourlonias
Lektorat: Emily Huggins

Printed in Germany

ISBN 978-3-473-54476-9

www.ravensburger.de

Warnung:

Dieses Buch ist ein WEIHNACHTS-Märchen.
Wer WEIHNACHTEN nicht mag: Finger weg!

Inhalt

Über den Wolken

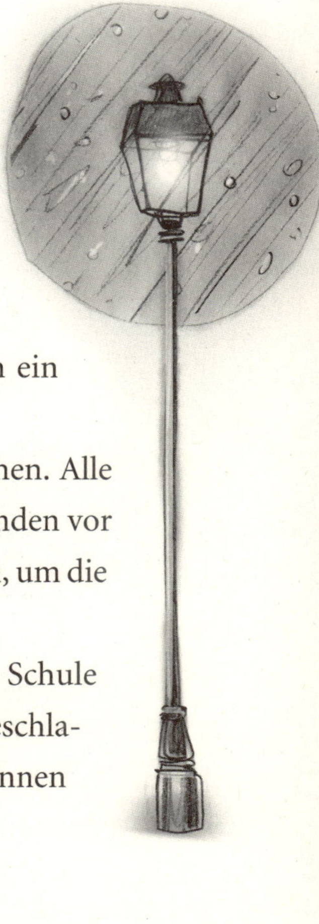

Der Himmel hing über der kleinen Stadt wie eine alte, müde, an einigen Stellen schon brüchige Decke. Durch die Straßen trieb Schneeregen, die nackten Äste der Bäume glänzten vor Nässe und selbst die Straßenlaternen zitterten ein wenig im Wind.

Überall wimmelte es von Menschen. Alle hetzten. Als jage der Winter die Stunden vor sich her und nun müsse man rennen, um die Zeit wieder einzuholen.

In der Bäckerei neben der alten Schule waren die Schaufensterscheiben beschlagen, so viele Menschen warteten drinnen auf Brot und Kuchen.

»Jedes Jahr der gleiche Ärger«, seufzte die junge Bäckerin und wischte sich mit dem Handrücken über die verschwitzte Stirn.

Die alte Dame vor ihr nickte.

»Weihnachten ist nur noch lästig«, sagte sie leise und die Bäckerin zuckte die Achseln.

Der hochgewachsene, hagere Herr hinter ihr zog die Augenbrauen zusammen und schüttelte kaum merklich den Kopf.

Dann bückte er sich, um seinen linken Stiefel wieder zuzuschnüren, und die Bäckerin sah, wie sich ein langer grauer, geflochtener Zopf aus seinem Mantel löste.

Mit Schwung hielt der 27er-Bus in einer Schneematsch-Pfütze direkt vor der Bäckerei. Murrend stiegen die Menschen ein, unter ihnen der alte Herr. Ein Mann im Anzug schimpfte den Busfahrer aus, der seine müden Augen auf das Wechselgeld senkte und etwas murmelte, das niemand verstand.

Wirklich niemand?

Der große Alte zog die Augenbrauen ein weiteres Mal zusammen. Vielleicht fragte er sich, ob es wirklich keinen Menschen gab, der sich auf Weihnachten freute.

Dabei leuchteten die Schaufenster wie sonst nie im Jahr und überboten einander an Farben.

Dabei schwebte ein herrlicher Duft aus dem Glühweinkessel auf dem Markt durch die Luft: Es roch nach Zimt und Nelken.

Und vom Lebkuchenstand wehte es wie Lakritze herüber – Anis, und dazu das scharfe Aroma von Muskat, Kardamom und Koriandersamen.

Aber niemand blieb stehen, um zu schnuppern.

Kerzenpyramiden schimmerten in den Fenstern, doch kaum einer sah an den Fassaden hinauf.

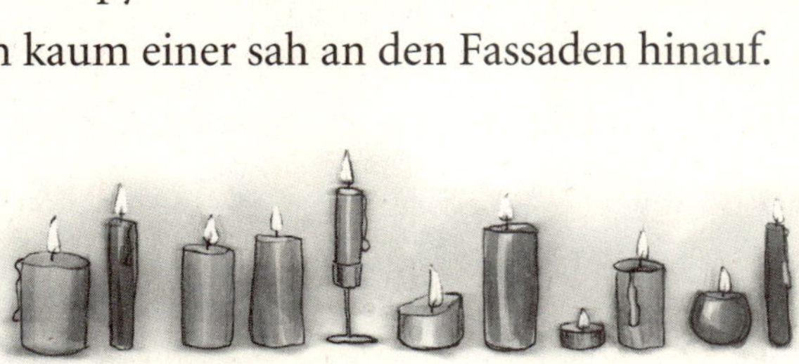

Nicht nur auf den Straßen nahm das Gewimmel zu – nein, auch hoch oben über der Stadt donnerten Flugzeuge nun, wenige Tage vor Weihnachten, hin und her, als hätten sie etwas verloren und würden es am ganzen Himmel suchen.

In einem dieser Flugzeuge, knapp über den blendend weißen Wolkengebirgen, saßen drei Kinder und in dem Moment, in dem unsere Geschichte beginnt, sagte der Flugkapitän gerade durch, dass sie sehr bald landen würden. Nun raschelten die Menschen mit ihren Zeitungen, bückten sich nach ihren Taschen und ein paar der ganz kleinen Menschen fingen an zu weinen.

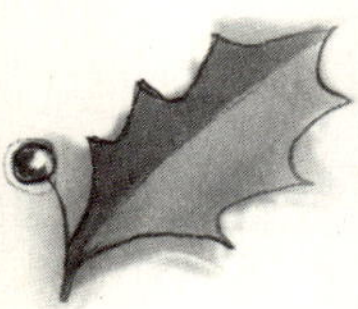

Joseph versuchte schon eine ganze Weile, an Myriams Lockenkopf vorbeizuschielen. Dies war seine letzte Chance, die strahlend schöne Wolkenlandschaft dort draußen zu sehen. Es war einfach ungerecht: Er war noch nie geflogen – und trotzdem saß Myriam am Fenster.

Klar, sie war die Älteste, sie war schon zwölf. Aber war das etwa Grund genug, dass sie immer den besten Platz bekam? Und noch dazu mit ihrem Wuschelkopf die ganze Sicht versperrte?

»Gleich«, hatte sie nun schon zum fünften Mal gesagt.

In diesem Moment wackelte das Flugzeug ein wenig und dann legte es sich in eine prächtige Linkskurve, woraufhin Joseph auf den Schoß seiner Schwester plumpste.

»Mann, bleib auf deiner Seite!«

Joseph rappelte sich wieder auf. »Das war ich nicht, das war das Flugzeug!«

»Und er darf doch wohl maaal rausgucken, oder, Myri?«, sagte Yule, ihre kleine Schwester auf dem

Platz am Gang, und schlug die großen braunen Augen bittend auf.

»Das kann er aber auch von seinem Platz aus.«

Yule malte mit dem Zeigefingernagel kleine, spitze Häuser auf ihre Flickenjeans.

»Myri, Papa kommt doch an Weihnachten nach Hause?«, fragte sie plötzlich leise.

Ihre große Schwester antwortete nicht. Stattdessen schien sie die Wolkenfetzen zu beobachten, die vor dem Fenster entlangstrudelten.

Joseph knibbelte an seinem Daumennagel; dann drehte er sich zu Yule um.

»Klar«, sagte er beruhigend. »Ich meine, Weihnachten alleine in München zu feiern ist doof.«

»Aber er war … wie lange ist Papa jetzt schon in München, Joseph? Und er hat überhaupt nicht gesagt, dass er sich auf Weihnachten freut.«

Joseph starrte auf seine Schuhspitzen. »Zwei Monate«, murmelte er.

Ja, ihr Vater wohnte seit zwei Monaten in einer Einzimmerwohnung mitten in München. Sie hatten auf Isomatten auf dem Fußboden geschlafen.

Und … Joseph begann, an seinem Daumennagel zu kauen. Einerseits hatte Papa wissen wollen, ob Joseph sich zu Weihnachten immer noch eine gute Kamera wünschte und Yule das Playmobil-Schloss. Aber andererseits …

»Wann kommst du nach Hause?«, hatte Myriam gestern gefragt.

»Habt ihr denn schon einen Weihnachtsbaum?«, hatte Papa entgegnet und Joseph war kalt geworden: Wie konnte er so fragen? Es war doch seit jeher Papas und Josephs Aufgabe, den Baum zu kaufen!

Joseph setzte sich gerade hin. Egal, er würde Yule garantiert nicht erzählen, was er dachte. Sie war noch so klein – gerade erst sieben.

Joseph blickte sich im Flugzeug um. Überall murmelte und raschelte es. Was war das denn? Schnitt der alte Mann in der Reihe hinter ihnen sich wirklich die Fingernägel? War das etwa der Hippie mit dem geflochtenen Zopf und der Fransenweste, der Joseph schon beim Einsteigen aufgefallen war? Er hatte bei jedem Schritt gewippt wie ein Flummi. Ob der sich danach auch noch die Fußnägel …?

Der Hippie sah hoch und Joseph wandte sich schnell um.

Uh, wie peinlich!

Merkwürdige grüne Augen hatte der alte Mann … aber sie sahen freundlich aus …

»Papa kommt nicht.«

Joseph zuckte zusammen. Myriam, die einfach so Josephs schlimmste Befürchtung ausgesprochen hatte, starrte ungerührt aus dem Flugzeug-Bullauge. Er fuhr zu Yule herum.

Und natürlich: In Yules großen Augen standen die Tränen schon bis zum Rand.

»Echt, Myri?«, flüsterte sie. »Papa kommt nicht?«

Joseph krümmte die Zehen zusammen. »Mann, Myriam«, fauchte er. »Das weißt du überhaupt nicht! Hat er das etwa gesagt? Und wenn er wirklich nicht kommt, kriegt sie das doch noch früh genug mit!«

Jetzt drehte seine große Schwester sich um und sah ihm gerade in die Augen.

»*Du* bist blöd! Soll sie sich die ganze Zeit auf Papa freuen, bloß damit er Weihnachten nicht auftaucht, oder was?«

»Sie freut sich auch auf den Weihnachtsmann, oder?«

»Ja. Genau wie du, du Baby!«

Myriam ließ sich in den Sitz zurückfallen und trat dabei so heftig gegen den Vordersitz, dass die Dame vor ihr zwischen den Sitzen hindurchspähte.

»Weihnachten ist doch blöd! Das finden sogar die Pinguine im Zoo. Die sind jedes Jahr gestresst. Und die meisten Weihnachtsbäume fallen um, weil abgenervte Katzen hineinspringen. Das ist doch krank! Dieser ganze Konsumterror und so!«

Ein merkwürdig zähes Gefühl breitete sich in Josephs Brust aus. Er biss sich auf die Unterlippe. »Das sagst du bloß, weil du noch kein einziges Weihnachtsgeschenk hast!«

Aus dem Augenwinkel sah er, wie Yule ihr Gesicht abwandte. Myriam aber starrte ihren Bruder mit ihrem besten Horrorblick an, und Joseph hielt vorsichtshalber die Luft an.

»Weihnachten … ist … krass überflüssig, falls du es immer noch nicht begriffen hast. Es … gehört … abgeschafft!«

»Da hast du vollkommen Recht«, meldete sich die Dame vor ihnen. Sie warf Myriam einen mürrischen Blick zu. »Weihnachten ist überflüssig! Aber ich wäre dir dennoch überaus dankbar, wenn du nicht ständig gegen meinen Sitz treten würdest!«

Was dann passierte, daran konnte Joseph sich später noch genau erinnern. Erstens legte sich das Flugzeug in eine besonders prächtige Rechtskurve, woraufhin Myriam diesmal fast auf Joseph purzelte.

Zweitens brach Myriam in Tränen aus und legte den Kopf auf ihre Knie. Joseph hatte endlich freien Blick auf die Wolken.

Und drittens?

War das Licht so komisch oder waren die Wolken tatsächlich lila?

Joseph blinzelte.

Ach, Quatsch: Der dichte Wolkennebel, durch den sie jetzt unaufhörlich sanken, war einfach … schneematschgrau.

Als das Flugzeug über der Landebahn schwebte, schwiegen die drei Geschwister. Joseph schloss die Augen und genoss das Kitzeln in seinem Bauch. Das Flugzeug landete wie eine Katze, sanft und weich auf seinen zwei Pfoten, äh, Rädern. Ein paar Leute klatschten, draußen schien die Sonne.

Die Sonne? Waren sie nicht gerade durch ein Meer von Wolken getaucht?

Außerdem musste irgendjemand das ganze Rollfeld geputzt haben: Nirgendwo lag auch nur das kleinste Häufchen Schneematsch.

Die Turbinen fauchten ein letztes Mal, man durfte die Anschnallgurte öffnen, die Leute drängelten zum Ausgang.

Myriam, Joseph und Yule waren die Letzten.

Dann standen sie in der offenen Tür. Yules Augen weiteten sich und Joseph wusste sofort, dass etwas nicht stimmte.

Warmer Wind blies ihnen entgegen.

Und aus dem Wäldchen, jenseits des Flughafenzauns, hörte er einen Kuckuck rufen.

Winterhitze

Sie gingen durch das Flughafengebäude, durch dessen riesige Fenster die Sonne fiel und die blassen Fliesen auf dem Boden in Licht badete, hinter ihrer Mutter her, stumm, wie in einem hässlichen Traum.

Kein Weihnachtsbaum.

Nirgendwo.

Auch kein Adventskranz. Weder auf den Theken der verschiedenen Fluggesellschaften noch in den Geschäften.

Keine einzige Kerze im ganzen Flughafengebäude.

»Warum habt ihr euch so warm angezogen?«, fragte ihre Mutter lachend über die Schulter hinweg. »Ist das irgendein Spiel?«

Joseph sah, wie sich Myriam langsam ihren Loopschal vom Hals wickelte.

Was war hier eigentlich los? Wurde hier irgendein verrückter Film gedreht? Und woher kam diese irre Hitze?

Da blieb Yule plötzlich stehen. Und ihre braunen Augen waren voller Wut.

»Warum sind alle so komisch? Ich will, dass endlich alle aufhören! Es ist viel zu heiß für Weihnachten!«

Ihre Mutter blieb stehen. Erschrocken sah Joseph, dass ihr Blick verständnislos war.

»Weihnachten?«, fragte sie und zog die Brauen zusammen. »Wer ist denn Weihnachten?«

Yule klappte der Mund auf.

»Mama!«, rief Myriam. »Weihnachten ist kein Mensch, sondern ein … ein Fest!«

»Ach, Kinder!« Ihre Mutter lachte. »Ihr wisst doch, dass wir hier im Norden nicht diese komischen Feste der Bayern feiern.«

Jetzt wurden Yules Augen riesig. »Aber Mama …«

Doch ihre Mutter schnitt ihr das Wort ab. Sie runzelte die Stirn.

»Klingt sehr nach ›Wein achten‹ – ich muss dringend mal mit eurem Vater sprechen!«

Joseph sah, wie Myriam in ihrer Jeanstasche wühlte und ihr Handy herausfischte. Sie tippte den Code ein und dann … wurden ihre Augen weit.

»Was ist?«

Stumm hielt sie ihm das Smartphone entgegen. Auf dem Display stand nur: »Meinten Sie Wein achten?«

Joseph fühlte, wie ihm der Schweiß den Nacken hinunterlief.

Wie immer saß er hinten in der alten, stinkenden Familienmöhre und Myriam vorne. Weil … ja … weil es eben so war.

Alle drei Geschwister schwiegen. Yule starrte aus dem Fenster, aber Joseph konnte sehen, dass ihre Augen in Tränen schwammen.

Er grub seine Finger in die alte Katzendecke. Was war bloß passiert?

Das Auto brauste aus dem Parkhaus in das blendende Licht eines schönen Sommernachmittages und bog dann blinkend auf die Autobahn ab. Sie fuhren an einigen Einkaufszentren vorbei, dann tauchte die erste Kuhweide auf. Die schwarz-weißen Kühe standen dicht gedrängt unter dem einzigen Baum und das Gras war vertrocknet.

War der Flug vorher bloß ein Traum gewesen? Der Schneematsch? Oder der unfreundliche Weihnachtsmann vor dem Rathaus in München, der Yule nicht mehr in seinen Sack greifen lassen wollte, weil er schon Feierabend hatte?

Jetzt rollten sie die Ausfahrt hinunter auf die Landstraße, die zu ihrem alten Städtchen hinüberführte.

Oder war das hier der Traum – die pinken Rosen in der Mitte des ersten Kreisverkehrs, Mamas tintenblaue Sandalen, die Abgase der Motorräder, die durch das Autofenster wehten?

Ob die Erde einfach so einen Sprung gemacht hatte und blitzschnell einen halben Kreis um die Sonne weitergeschossen war?

Aber warum hatten sie das nicht gemerkt?

»Was ist heute wohl für ein Tag?«, flüsterte Joseph Myriam zu.

»Keine Ahnung«, brummte Myriam.

Die Antwort wartete in der Küche. Als Myriam ihren schweren Rucksack auf die alte Holztreppe warf und versuchte, die Winterstiefel von ihren Füßen zu schleudern, fiel ihr Blick auf den Kalender in der Küche. Sie kannte den oberen Teil des Kalenderblattes nicht – ein Foto von zwei Kindern, die in einen überirdisch blauen Swimmingpool sprangen.

Aber den unteren kannte sie.

Und im selben Augenblick stupste ihr Bruder sie auch schon an und zeigte auf den Kalender. »Guck mal, es ist immer noch Dezember!«

»Myri«, rief ihre Mutter und lud einen Stoffbeutel voller Joghurt, Brot und Nudeln auf dem Küchentisch ab, »denk daran, dass du morgen Französisch schreibst!«

»Mama, morgen sind …«, fing Myriam an. Aber da trafen sich Josephs und Myriams Blicke.

Wo kein Weihnachten, da keine Weihnachtsferien …

Und in diesem Moment wussten sie – jeder für sich – dass dringend etwas geschehen musste.

Auf der Treppe begegneten ihnen die Katzen.

Myriam bückte sich trotz des schweren Rucksacks, um sie zu streicheln.

»Joseph«, flüsterte sie überrascht.

»Was ist?«

»Fühl mal!«

Zögernd ging Joseph in die Knie, um der getigerten Lola über den Kopf zu streicheln.

»Ja, und?«

»Aber merkst du es denn nicht? Sie haben noch ihr dickes Winterfell! Dabei ist es doch sonst warm wie im Sommer.«

Die Katzen strichen um ihre Beine und obwohl ihre Mutter von unten »Lola, Bommel, Frissifrassi!« rief, folgten die Katzen den Kindern die Treppe weiter hinauf.

Sie kamen mit in Myriams Zimmer, wo sie sich auf Myriams Schreibtisch und Fensterbank niederließen und die Kinder aus halbgeschlossenen Augen beobachteten.

Myriam schüttelte den Kopf.

»Na ja, vielleicht haben sie draußen schon Mäuse gefressen!«

»Du bist gemein, Myri!« Yule funkelte sie an. Ihre kleine Schwester liebte alle Tiere, ja, auch Mücken und Wespen.

Myriam ließ sich auf ihr Bett fallen. Yule setzte sich neben sie und lehnte sich an ihre rechte

Schulter. Joseph zog es vor, auf Myriams knallgrün gestrichenen Schreibtischstuhl zu kreiseln.

Myriam zog die Beine an ihren Körper. Ihr war schlecht. Wie merkwürdig – vorhin im Flugzeug hatte ihr Weihnachten so was von gestohlen bleiben können! Und nun …

Wenn Papa nun wirklich nicht käme?

Sie schluckte und warf ihren Geschwistern einen kleinen, versteckten Blick zu. Joseph hatte wieder dieses Gesicht aufgesetzt; dieses »Ich bin cool und ist mir sowieso alles egal«-Gesicht. Aber Yule … Yule sah so … so schrecklich einsam und verloren aus …

Sie schlang die Arme um ihre Knie.

»Hör auf, Joseph, das Gequietsche nervt!«

Joseph zog eine Augenbraue hoch.

Mann, der war so ein Angeber. Myriam rollte ihre Augen in Richtung Himmel. Sie sah zu den Katzen hinüber.

»Ihr benehmt euch wirklich merkwürdig.«

Jetzt guckte Joseph empört.

»Die Katzen doch«, schnaubte Myriam.

Die getigerte Lola sprang von Myriams Schreibtisch, ließ sich vor dem Bett nieder und warf Myriam einen langen Katzenblick zu.

»Fressen gibt es unten, habt ihr doch gehört!«

Lola legte eine Pfote auf Myriams Schoß.

»Komisch. Als … als bäte sie um Hilfe«, sagte Myriam.

Draußen grollte es. Das Licht war trüb geworden und die Luft schwer.

»Wieso weiß plötzlich keiner mehr, was Weihnachten ist?«, fing Joseph an. »Und warum ist es auf einmal Sommer?« Er warf Myriam einen langen, nachdenklichen Blick zu. »Vielleicht weil du Weihnachten weggewünscht hast, Myri?«

Ach. Jetzt war sie also schuld!

»Hallo?« Myriam starrte Joseph an. Dann kniff sie die Augen fest zusammen.

»Was machst du denn jetzt?«

Myriam riss die Augen wieder auf. »Siehst du?«

Joseph hob die Schultern.

»Jetzt habe ich dich gerade weggewünscht. Und? Du bist immer noch da.«

Joseph sah an sich herunter. »Weißt du doch

gar nicht. Vielleicht tu ich ja nur so, als ob ich da wäre.«

»Vielleicht tu ich ja auch nur so, als ob du da wärst!«, fauchte Myriam zurück.

Unten tickte die Küchenuhr.

Obwohl die Dämmerung blau über dem Garten lag, trieb die Luft immer noch backofenwarm durch das Fenster.

Myriam überlegte: Weihnachten konnte doch nicht einfach verschwunden sein! Vielleicht lief da draußen noch jemand herum, der wusste, was passiert war. Und dann – vielleicht konnte man Weihnachten ja retten!

Ein paar Tage hatten sie noch.

»Wollt ihr Weihnachten wiederhaben?«, fragte Myriam.

Yule starrte sie an. Joseph zuckte die Schultern. »Klar, Mann. Sonst kriegen wir überhaupt keine Geschenke. Und Papa …«

Er sprach nicht weiter, aber Myriam wusste auch so, was er meinte: Wenn Weihnachten ausfiel, dann hatte Papa gar keinen Grund mehr zu kommen.

»Okay«, sagte sie und sah ihre Geschwister eindringlich an. »Dann suchen wir morgen gleich als Allererstes nach Weihnachten. Yule geht in die Schule und versucht jemanden zu finden, der Weihnachten kennt, und wir versuchen dasselbe in der Stadt, okay?«

Ein energischer Donner rollte über das Haus.

Wie ein einziger Blitz verschwanden die Katzen aus dem Zimmer. Die Kinder hörten sie die Treppe hinunterpoltern. Und dann … dann klimperten die ersten Tropfen auf die Fensterbank, auf die umgekehrte Schubkarre im Garten und das Autodach vor dem Haus.

Regen rauschte auf die Erde nieder, warmer, alles beruhigender Regen.

Wer hat Weihnachten gesehen?

Myriam holte tief Luft. Dann trat sie aus dem Haus. Ein aufmerksamer Beobachter hätte denken können, sie gehe zur Schule. Tja, aber wenn der aufmerksame Beobachter ihr weiter gefolgt wäre, hätte er gesehen, dass sie gerade noch rechtzeitig – bevor sie etwa ein Lehrer hätte erspähen können – in eine Seitenstraße abbog.

Später würde sie sich mit Joseph am Stadtbrunnen treffen, und inzwischen würden sie versuchen, Weihnachten einzukreisen. Irgendetwas musste davon doch übrig geblieben sein.

Myriam blieb stehen und strich sich die feuchten Locken aus der Stirn. Und jetzt? Vielleicht Fußgängerzone? Geschäfte abklappern, Leute fragen.

War ja auch eine ganz gute Idee für den Fall, dass Weihnachten wieder auftauchte. Es könnte immerhin sein, dass die Zeit nur so eine Art Schluckauf hatte und morgen würden sie aufwachen und alles war wieder so, wie es sein sollte.

Die ersten paar Meter achtete sie darauf, nicht auf die Ritzen zwischen den Steinplatten auf dem Gehweg zu treten. Dann blieb sie stehen, hob den linken Fuß und … ließ ihn auf eine besonders breite Fuge sinken. Es hatte überhaupt keinen Sinn, nicht auf die Ritzen zu treten, bloß weil man sich etwas wünschte. Das war Aberglaube – etwas, was Grundschulkinder taten.

Wie Yule.

Das erste Geschäft hatte keine Weihnachtsgeschenke, dafür aber genau die rote Kapuzenjacke, die Myriam sich den ganzen Herbst hindurch gewünscht hatte, und sie hing auch noch an dem Ständer mit den Sonderangeboten.

Myriam streichelte sie mit der Hand. Immer noch zu teuer. Normalerweise könnte sie sich die zu Weihnachten wünschen, aber …

Sie seufzte und drehte sich um.

Und sah direkt in die misstrauischen Augen einer Verkäuferin.

Uh, daran hatte sie noch gar nicht gedacht: Eigentlich müsste sie ja in der Schule sein und das würden bestimmt alle wissen und …

»Okay. Haben Sie eigentlich auch Sachen für Weihnachten?«, fragte sie schnell. »Ich meine, so eine Weihnachtsmannmütze oder … oder ein Kleid …«

»Was für ein ›Nachten‹?«, fragte die Verkäuferin irritiert. »Müsstest du nicht in der Schule sein?«

Uaaah.

»Nö … ich … fällt aus«, murmelte Myriam. Und dann drehte sie sich um und floh wie eine Gazelle.

Na ja … fast.

Wäre die Ladentür wie jede anständige Ladentür verglast gewesen, wäre nichts passiert.

Denn dann hätte sie den Briefträger dahinter gesehen. Stattdessen rannte sie in ihn hinein und riss ihm ein ganzes Bündel Briefe aus der Hand. Sie wirbelten durch die gleißende Sonne wie übergroße Schneeflocken. Nur ließen sie sich nicht ganz so sanft auf dem Pflaster nieder.

»Entschuldigung«, murmelte Myriam und begann mit gesenktem Kopf die Briefe aufzusammeln.

Es war wirklich nicht eine einzige Weihnachtskarte darunter, nicht eine!

»Schon in Ordnung.«

Aus dem Augenwinkel sah Myriam, dass der Briefträger noch ziemlich jung war, vielleicht so alt wie die Großen in ihrer Schule.

Und als sein linker Unterarm in Myriams Blickfeld kam, stellte sie fest, dass er fast so behaart war wie der eines Orang-Utans. Cool!

Aber … wie merkwürdig … alle diese kleinen rötlichen Härchen standen hoch. Hatte er etwa Angst?

Myriam richtete sich auf, um ihm die Briefe zurückzugeben.

Er nickte ihr freundlich zu und setzte sich wieder in Bewegung, wobei er die Briefe in seiner Hand neu sortierte.

Seltsam … Myriam zog die Brauen zusammen … seine Unterschenkel sahen von hinten ganz bläulich aus. Als würde er mit nackten Beinen durch tiefen Schnee stapfen.

Als die Erinnerung sie plötzlich überfiel, vergaß sie den Briefträger. Ja, sie vergaß den ganzen Sommer um sich herum.

Sie schloss die Augen und spürte den Teig unter ihren Fingern, ihren Lebkuchenteig. Ach, wie er duftete!

Niemand außer Myriam durfte Lebkuchen zu Weihnachten machen, es war ihre ganz spezielle Aufgabe. Sie spürte die Mandeln durch ihre Finger flutschen, wenn sie die harte Haut entfernte, sie sah die Kerzenpyramide am Küchenfenster schimmern und, ach, sie hörte das feine Ping-ping-ping des

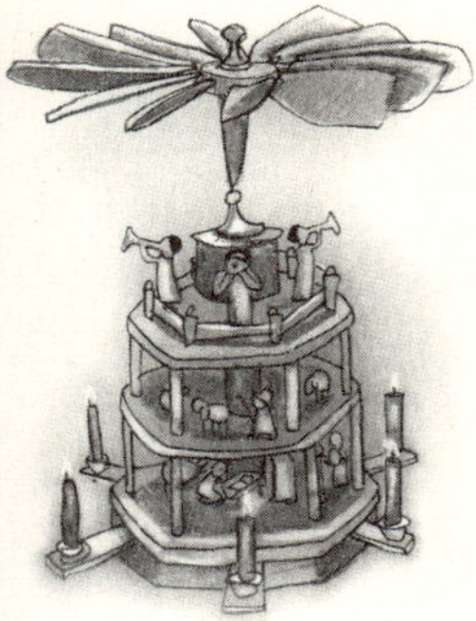

Engelsgeläutes: wie die kleinen goldenen Trompetenengel sich über den Kerzenflammen drehten und tanzende Schatten an die Wände warfen!

Sie arbeitete ganz allein in der Küche und immer, immer, zündete sie die kleinen Kerzen aus Bienenwachs an, die unten im Engelsgeläut steckten.

Sie öffnete die Augen wieder und wischte sich wütend eine Träne von der Wange.

Und Joseph?

Joseph hatte sich genau in entgegengesetzter Richtung zur Schule auf den Weg gemacht – gut, dass seine Mutter heute schon so früh losmusste.

Sein Schulrucksack, den er zur Tarnung trug, klebte bei jedem Schritt an seinem Rücken fest. Diese merkwürdige Dezembersonne war jedenfalls nicht einen Pups weniger heiß als die Julisonnen, die Joseph sonst so kannte.

Die Straßen waren leer. Joseph fand eine zusammengeknüllte Zeitungsseite auf dem Bürgersteig. Er trat sie vor sich her und warf einen Blick in jedes einzelne Schaufenster.

Nichts.

Kein Glitzer, nirgendwo. Einmal dachte er, er hätte eine Weihnachtskugel gesehen, ganz flüchtig, beim Vorbeigehen.

Er blieb sofort stehen und drehte um. Aber es war nur die glänzende Verpackung einer Sonnenbrille.

Wenigstens konnte er sich ja ein Eis kaufen. Vor der Eisdiele standen ein paar Jugendliche und rauchten. Joseph drückte sich an ihnen vorbei. Er kaufte sich ein Smartie-Eis und schlurfte die Straße entlang. Es war so heiß!

Schließlich stellte sich Joseph in den Schatten eines Hauseingangs. Es war ein altes Haus. Die Tür stand ein wenig offen und das Haus atmete wunderbar kühle Luft auf die Straße.

Als die Tür mit einem Ruck aufgezogen wurde, wäre Joseph beinahe in den Hauseingang gefallen. Er riss die Augen auf.

Vor ihm stand ein junger Mann mit ein paar Bartflusen im Gesicht. Er trug einen Rucksack und Malersachen.

»Oh, hey, entschuldige!«

Der Mann lächelte Joseph flüchtig zu und schlenderte zur Bushaltestelle des 27ers, schräg gegenüber von Josephs Hauseingang.

Joseph leckte die Eistränen ab, die das Hörnchen hinunterliefen. Er spähte zu dem Mann hinüber, der an der Bushaltestelle auf und nieder hüpfte und sich dabei immer wieder die Arme um den Körper schlug. Komisch, es sah aus, als ob er friere.

Der Bus rollte heran, die Türen öffneten sich, der junge Mann war der Einzige, der einstieg. Als er bezahlt hatte, drehte er sich noch einmal zu Joseph um und zwinkerte ihm zu.

Oh, Mann! Der hatte ja ganz blaue Lippen vor Kälte!

In diesem Moment fiel Weihnachten über Joseph her, als hätte es nur darauf gewartet. Joseph musste nur die Augen schließen und er sah … er sah seinen Vater, in der dicken Holzfällerjacke und er sah sich selbst, wie sie durch einen dick verschneiten Wald stapften mit eiskalten Zehen und voller Erwartung; natürlich auf der Jagd nach dem schönsten Baum, dem allerschönsten: dicht und buschig und gleichmäßig wie ein Kegel und mit einer prächtigen Spitze, um den Weihnachtsstern zu tragen.

Und er durfte ihn absägen, und als seine Arme müde wurden, übernahm sein Vater die Säge, ohne ein Wort zu sagen, aber den Baum, den Baum trug sein Vater durch den Wald. Wie prächtig er war … und wie groß!

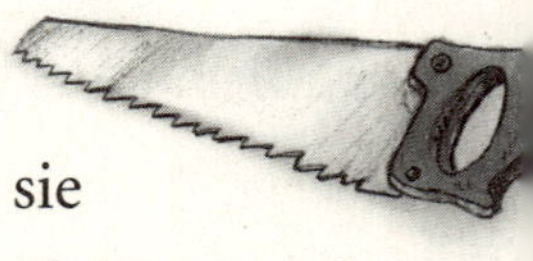

Und wie der Baum duftete, wenn sie ihn in die Wärme getragen hatten; nach Harz und Wald und … Weihnachten.

Als Joseph die Augen wieder öffnete, fühlten sie sich feucht an und seine Hand auch.

Das lag daran, dass das Eis inzwischen beschlossen hatte, auszuwandern, und von seiner Hand auf den Boden des Hauseingangs tropfte.

Kurze Zeit später trafen sich Myriam und Joseph am Brunnen. Ihr Städtchen war nicht besonders weitläufig und so hatte es keinen von ihnen lange gekostet, Weihnachten nirgendwo zu entdecken.

Der Brunnen auf dem Marktplatz lag verlassen in der Vormittagshitze. Joseph ließ sich auf den Rand fallen und hielt seine klebrigen Hände ins Wasser.

»Und? Hast du irgendetwas herausgefunden?«

Myriam stand vor ihm und schüttelte den Kopf. Die Luft flimmerte und glühte. Nur der Schatten des Kirchturms schob sich ganz langsam über den Brunnenrand.

Myriam und Joseph sahen an dem Turm hoch bis hinauf zu den Glocken.

»Versuchen wir's noch da?«

»Warum nicht?«

Wundervoll kühl war es in der Kirche. Dunkel. Und … still. In der Ecke knisterte ein Haufen echter Kerzen vor sich hin.

Sie schlichen durch den Mittelgang. Vor dem Altar blieben Joseph und Myriam stehen und sahen zu dem Kreuz hinauf.

»Er ist wenigstens nicht verschwunden«, flüsterte Myriam und Joseph nickte.

»Meinst du, der Pfarrer hier weiß etwas über Weihnachten?«, flüsterte er zurück.

»Bestimmt.«

Da stand plötzlich jemand hinter ihnen, so plötzlich, dass sowohl Joseph als auch Myriam herumwirbelten.

Jemand in einem schwarzen, bodenlangen Kleid.

Jemand, der seine Fingerspitzen aneinanderlegte und sagte: »Wie schön, dass ihr den Weg in die Kirche gefunden habt.«

Es war ein alter Herr und er lächelte so, dass sich seine Augenwinkel in tausend Fältchen legten.

»Und was führt euch hierher? Die Kühle?«

Joseph warf einen Blick zu Myriam hinüber. Sie sah zu dem alten Herrn auf. Dann drehte sie sich plötzlich um und zeigte zu dem Kreuz hinüber.

»Wann ist er geboren?«

Der Pfarrer zog die Augenbrauen zusammen.

»Warum willst du das wissen, mein Kind?«

»Ich will seinen Geburtstag feiern!«

Der Pfarrer schüttelte langsam den Kopf und die Kühle der Kirche schlich sich in ihre Herzen. »Wir wissen es nicht, meine Liebe. Niemand weiß, wann er geboren wurde. Und so – siehst du …«, und er breitete seine Hände aus, »so kannst du seinen Geburtstag auch nicht feiern. Auch, wenn das sicherlich eine schöne Idee ist.«

»Aber … aber haben Sie denn noch nie etwas von Weihnachten gehört?«, platzte Joseph heraus.

Überrascht zog der Pfarrer die Augenbrauen hoch. »Weihnachten? Das klingt nach Weihe und Nacht …«

Im Hintergrund knisterten die Kerzen so laut, als wollten sie den Pfarrer erinnern. Und er musste sich doch erinnern, er musste …

Doch er schüttelte langsam den Kopf.

Myriams Schultern fielen nach unten.

»Danke«, sagte sie leise. »Wir müssen nach Hause, unsere Mutter wartet.«

Joseph zog Myriam am Ärmel zu den Kerzen hinüber. Er kramte einen Euro aus seiner Hosentasche.

Die Kerzen flackerten ihnen entgegen, als Joseph eine weitere von ihnen anzündete und zwischen sie pflanzte.

Ein wichtiger Artikel

Die kleine Yule aber war zur Schule gegangen und hatte einen langen, merkwürdigen Schultag hinter sich gebracht. Einen Schultag mitten im Dezember, an dem sie und Elias mit Wasserbomben aufeinander geworfen hatten, anstatt dass Herr Wendt ihnen Weihnachtsgeschichten vorgelesen hatte.

Keiner in der Schule hatte Weihnachten gekannt. Als ob ein Riese gekommen wäre und Weihnachten einfach ausradiert hätte.

Elias hatte sie in der Schule nur doof angesehen. Wie eine Schildkröte – mit großen Augen. Sooo … und Yule riss die Augen ganz weit auf.

Die alte Frau, die ihr entgegenkam, warf Yule einen merkwürdigen Blick zu. Yule senkte den Kopf. Es passierte ihr oft, dass jemand komisch guckte, manchmal sprach Yule auf der Straße auch mit sich selbst.

Puuuh, es war sooo heiß!

Yule blieb stehen und betrachtete ein Gänseblümchen, das zwischen zwei Zaunlatten hervorquoll und verzweifelt aussah. Bestimmt hatte es genauso viel Durst wie sie. Yule überlegte kurz, dann kniete sie sich hin und spuckte dem Blümchen auf den Kopf. Plitsch! Getroffen!

Jetzt ging es ihm bestimmt besser. Aber dafür hatte Yule *noch* mehr Durst.

Sie sah sich um. Da, der Kiosk.

In ihrer Geldeule waren noch … mehr als fünfzig Cent. Das reichte bestimmt für ein Wassereis.

Huch, dachte Yule, als sie sich vor dem Kioskfenster auf die Zehenspitzen stellte, um nicht übersehen zu werden. Das war ja ein ganz anderer Mann als sonst. Sonst hatte der Mann weiße Haare und dunkle Augenbrauen, dieser hier aber war jung und blass.

Und er zitterte ein wenig.

Yule hielt ihm das Geld hin. »Ein rotes Wassereis, bitte«, sagte sie.

Der junge Mann wandte sich ab, um ihr ein Eis aus der Truhe zu holen. Er zitterte immer noch, als er ihr das Eis hinunterreichte. Yule sah ihn forschend an.

»Warum ist es so heiß?«, fragte sie.

Er zuckte die Schultern und verschwand in seinem Kiosk. Kurz darauf tauchte er neben Yule wieder auf und begann, seine Zeitungen zu sortieren.

Yule beobachtete ihn und ihr Blick folgte seinen schmalen Händen, während sie ihr Eis lutschte.

Da war ein Bild von einem finster schauenden Mann auf der Zeitung, huh, war er unheimlich, Yule sah schnell weg.

Aber auf der nächsten Zeitung – und auch auf der direkt daneben – war ein anderes Bild zu sehen. Ein Foto von einem großen Berg voller Schnee und Tannen.

Schnee … Yule trat einen Schritt näher.

»Interessiert dich das?«, fragte der junge Mann beiläufig.

Yule nickte. Er stand nun neben ihr – und obwohl

es hier so schweineheiß war, bestimmt viel heißer als in seinem Kiosk, zitterte der Mann immer noch.

Sie betrachteten den Schneeberg. Komisch, dachte Yule, nicht ein Schlitten weit und breit auf dem Foto. Dabei konnte man doch sehen, dass man auf dem Berg ganz toll Schlitten fahren konnte.

Und da wachte Weihnachten in Yule auf, mit Macht; sie spürte die weichen Nadeln des Weihnachtsbaumes unter ihren Fingern. Sie durfte die unteren Zweige schmücken und oh, wie sie den alten Baumschmuck liebte!

Dort war der Zapfen aus gedrehtem Glas. Ganz behutsam musste man ihn an einem Zweig befestigen. Und die uralte, spinnwebzarte Krippe aus Zinn. Jedes Mal musste Yule sie sich von Nahem ansehen – und jedes Mal wurde die Maria lebendig, nur einen Augenblick.

Und dann: wie die roten Kugeln im Kerzenlicht glänzten und schimmerten. Und wie lustig sie alle darin aussahen – mit riesigen Nasen.

Yule seufzte und schlug die Augen wieder auf.

Zwei Tränen liefen ihr über die Wangen, aber ehe der junge Mann sie sehen konnte, hatte Yule sie schon weggewischt.

Der Mann zitterte jetzt stärker.

»Müssen Sie zittern, weil der Berg so kalt ist?«, fragte Yule voller Mitleid.

Der junge Mann lächelte und nickte. Seine Zähne klapperten leise.

»Och, Sie Armer«, sagte Yule und legte ihre kleine, warme Hand auf seinen Unterarm. Seine Haut fühlte sich auch ganz kalt an.

Er lächelte sie an und fummelte die Zeitung aus dem Ständer. »Lies«, sagte er leise.

Yule sah verzweifelt zu ihm auf. »Ich kann noch nicht so gut lesen«, flüsterte sie zurück.

»Macht nichts. Ich helfe dir.«

Yule atmete tief ein. Dann buchstabierte sie sich das erste Mal in ihrem Leben durch einen Zeitungsartikel hindurch. Die Erde wirbelte um sich selbst, Autos fuhren vorbei, Busse und Fahrräder – und Yule las.

Sie las – und niemand kam, um Eis oder eine Zeitung zu kaufen.

Sie las – und der junge Mann neben ihr hielt den Finger unter das nächste Wort und dann wieder unter das nächste.

Und schließlich, als der Tag sich schon auf sein Abendlied vorbereitete, war sie fertig.

»Jetzt musst du aber rennen, sonst suchen sie dich«, sagte der junge Mann. Und dann: »Warte. Nimm das«, und er hielt ihr die Zeitung hin.

Yule stopfte sie in ihre Schultonne. »Tschüss. Bis nächstes Mal«, rief sie.

Und dann rannte sie, oh, sie rannte, dass ihr Schulranzen nur so klapperte.

Der eiskalte Berg

Dieses Mal saßen sie auf Yules Himmelbett.

Myriam hatte noch Vanilleeis im Eisfach gefunden und zum Glück auch noch Schokoladenstreusel, weil Yule Vanilleeis ohne Schokoladenstreusel nicht mochte.

»Und, Yule? War jemand bei euch in der Schule, der Weihnachten kannte?«, fragte Joseph und schob sich einen Löffel Eis in den Mund.

Yule rührte in der Eissoße herum, wo die Vanillekrümel und die Schokostreusel herumschwammen wie Sterne im Weltall, und schüttelte den Kopf.

»Ich habe gelesen«, stellte sie fest.

Ihr großer Bruder zuckte nur die Achseln und drehte sich zu Myriam um.

»Und was machen wir jetzt?«

»Keine Ahnung. Schwitzen?«

Yule senkte wieder den Kopf auf den Teller. Die letzten Reste ließen sich einfach nicht abkratzen. Sie fing an, ihren Teller abzulecken, aber ein Teil der Eissoße tropfte auf ihre nackten Knie.

Und da … da plötzlich wurde es Yule trotz Eissoße heiß. Glühend heiß.

»Ich weiß, wo Weihnachten ist!«

Myriam und Joseph starrten Yule an.

»Ich glaub … ich glaub, ich hab es in die Schultonne gestopft.«

»Weihnachten?«, fragte Joseph ungläubig.

»Nei-ein, du Doofer«, murmelte Yule in ihre Schultonne hinein. Wo war es bloß?

Oooh, sie war ganz matschig und zerfriemelt.

Yule fischte sie trotzdem aus der Tonne.

»Meine Flasche ist ausgelaufen«, flüsterte sie und streckte Myriam und Joseph die nasse Zeitung entgegen.

Myriam und Joseph entfalteten sie vorsichtig und Yule hielt den Atem an.

»Da steht es nämlich!«, rief sie. »Weihnachten ist ein Berg! Und den hab ich ganz allein gelesen!«

»Das hier?«, fragte Joseph. Yule starrte darauf – die Zeitungsseite sah aus wie Buchstaben-Nudelsuppe.

Sie schüttelte den Kopf. Und jetzt kamen ihr die Tränen.

»Was stand denn da?«, fragte Myriam und stupste Yule an. »Was hast du denn gelesen?«

Yule schluchzte. »Von einem Berg, einem eiskalten Berg. Und niemand weiß, warum er da ist. Und dass er was mit glo… Globus-Erwärmung zu tun hat. Aber das stimmt nicht! Es ist Weihnachten und keine Erwärmung! Das weiß ich!«

»Und wo soll der sein, der Berg?«, fragte Joseph.

»Das weiß ich nicht mehr«, schluchzte Yule.

»Wo hast du die Zeitung denn gekriegt?«

»Am Kiosk. Da war so ein junger Mann, der …«

Myriam unterbrach sie.

»Los, Yule. Wir gehen jetzt noch mal hin und gucken uns die Zeitungen an. Wird ja wohl noch eine heile geben.«

Aber als sie wenig später den Kiosk erreichten, war er geschlossen. Obwohl es doch noch nicht sechs Uhr war.

Die Rollläden waren heruntergelassen, die Zeitungen eingesammelt, nur ein paar Kaugummipapiere tanzten am Boden im Wind.

Sie schlenderten ratlos zurück.

Dort hing an einem Laternenpfahl ein Papierkorb. Papier quoll halb heraus und raschelte im Wind.

Ehe sie sich's versahen, stürzte Yule sich darauf. Sie zog eine Zeitung heraus und hielt sie den anderen entgegen. »Da. Guckt mal. Da ist Weihnachten.«

Sie beugten sich zu dritt über die Titelseite. Und im späten Sonnenlicht war er deutlich zu sehen: der eiskalte Berg.

»Zusammenfassend besteht die Vermutung, dass aufgrund der globalen Erwärmung sogenannte Kälteinseln entstehen. Um eine solche soll es sich hier handeln. Warum aber die Erde sich gleichzeitig zu einem derartigen Berg erhoben hat – darüber besteht bei den Geologen noch keine Einigkeit«, las Myriam vor.

Sie schüttelte den Kopf. »Das ist echt merkwürdig.«

»Kann doch sein, dass Yule Recht hat«, sagte Joseph und beugte sich noch einmal über die Zeitungsseite.

»Das *ist* Weihnachten«, sagte Yule mit glühenden Augen.

»Seht mal, der Berg ist ja direkt neben Oma!«, rief Joseph.

Myriam schnappte Joseph die Zeitung aus der Hand. Und wirklich: Der seltsame Berg erhob sich direkt neben dem kleinen Dorf, an dem die Züge immer noch hielten, weil so viele Touristen die Kirche dort besuchen wollten. Eben jenes kleine Dorf, in dem ihre Großmutter in ihrem windschiefen Fachwerkhäuschen lebte.

Myriam faltete die Zeitung zusammen.

»Oma wird sich freuen, wenn wir drei bei ihr auftauchen«, stellte sie fest und grinste.

»Och, nee. Dann müssen wir bestimmt wieder im Garten helfen«, seufzte Joseph.

Yule war schon losgehüpft. »Wir übernachten bei

ihr, wir schlafen bei Oma«, sang sie. Und: »Dann kann ich ihr endlich mein Froschnachthemd zeigen«, jauchzte sie, während sie die Straße entlang nach Hause tanzte.

»Aber Oma, Oma wird Weihnachten bestimmt noch kennen«, murmelte Joseph, als er und Myriam hinter Yule hertrotteten. »Oder, Myri?«

Myri sah ihn nachdenklich an. »Doch ... ich glaube schon.«

Ängstlich sah Joseph sie an. Aber da lächelte Myriam.

»Bestimmt«, sagte sie.

Und dann rannten sie, um Yule einzuholen.

Der Wind war stärker geworden. Er wirbelte vergessenes, verlorenes Papier von der Straße auf und fegte durch die mächtigen Platanen.

Er ließ den Staub vor der Tischlerei tanzen und die Schaukeln auf dem Spielplatz schwingen.

Er blies durch offen stehende Fenster und ließ Türen knallen und wichtige Papiere durch Zimmer segeln.

Aber dieses hier nicht. Nein, denn ein Honigglas ruhte darauf und klebte es fest.

Auf dem Papier standen nur wenige Wörter, die in der einsetzenden Dunkelheit vor den müden Augen einer Mutter immer wieder verschwammen:

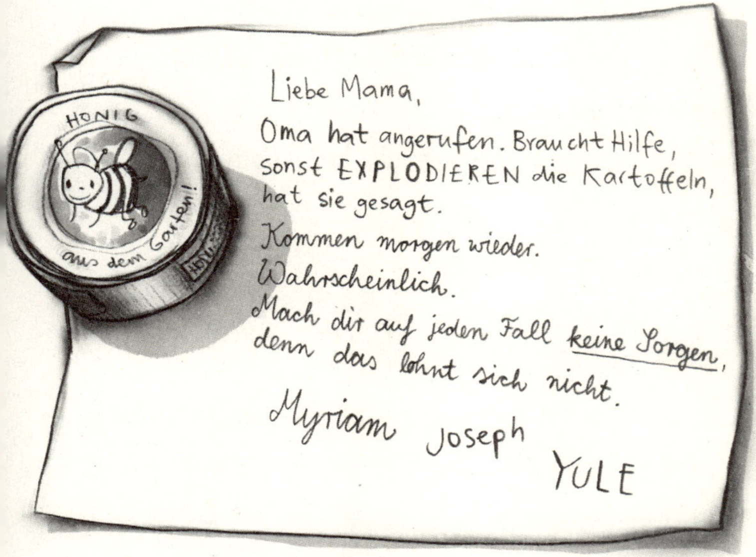

Ein ungewöhnlich zutrauliches Eichhörnchen

Vorsichtig näherten sie sich dem Haus ihrer Großmutter. Man wusste nie, was einen dort erwartete. Ihre Oma hatte manchmal niedliche Ideen – und manchmal merkwürdige.

Manchmal auch niedlich-merkwürdige.

Einmal hatte sie lauter Raketen angezündet. Sie waren von Sylvester übrig geblieben und Oma hatte gerade Lust gehabt, ein Feuerwerk zu sehen. Die Briefträgerin war schreiend geflohen und hatte sich eine Woche lang geweigert, Oma ihre Briefe zu bringen.

Myriam sah sich nach Onkel Bertil um.

Onkel Bertil zündete keine Feuerwerke an – er war ziemlich harmlos. Außer, wenn er schlechte Laune hatte. Dann biss er manchmal oder kratzte wie jeder grummelige Kater.

Stille. Ruhe. Kein Licht im Haus.

Kein Onkel Bertil weit und breit. Stattdessen hing in der Fichte im Nachbargarten ein Eichhörnchen und beobachtete sie. Myriam blieb stehen.

»Guckt mal, das sieht aus, als wollte es reden.«

»Super. Dann frag es doch, wo es Weihnachten hingezaubert hat«, sagte Joseph.

Myriam warf ihm einen ihrer Lieblingsblicke zu. »Vielleicht wissen die Tiere es ja wirklich.«

»Bloß, dass sie es nicht sagen können. Schade eigentlich«, gab Joseph zurück.

»Was macht es denn jetzt?«, rief Myriam.

Das Eichhörnchen kletterte – den Kopf zuerst – den Fichtenstamm herab, hangelte sich über den alten Jägerzaun und kam dann auf sie zu.

Joseph zog Yule ein paar Schritte zurück, aber Myri kauerte sich nieder und streckte dem kleinen Tier ihre rechte Hand entgegen.

»Pass bloß auf!«, flüsterte Joseph. »Vielleicht hat es Tollwut oder so was.«

Myriam bewegte sich nicht. »Es gibt hier keine Tollwut«, murmelte sie.

Das Eichhörnchen hatte Myriam erreicht und sie hielt die Luft an und versuchte, nicht das winzigste bisschen zu wackeln. Was es wohl vorhatte?

Das Tier richtete sich auf und sah sie aus seinen dunklen Augen an. Und dann legte es ihr die linke Pfote auf die Hand, hart und rau.

Nur eine Sekunde dauerte es, dann drehte es sich um und floh und war schon im Fichtendickicht des Nachbargartens verschwunden.

»Was war das denn jetzt?«, fragte Joseph.

Myriam zuckte die Achseln.

»Als wollte es uns irgendetwas sagen«, flüsterte sie. »Wenn ich es doch bloß verstehen könnte.«

»Du solltest dir gleich die Hände waschen«, sagte Joseph.

Myriam zog ihre Oberlippe über die Unterlippe und antwortete nicht. Joseph hatte so eine Angst vor Tieren – manchmal sogar vor ihren eigenen Katzen!

»Vielleicht ist Oma gar nicht da«, flüs-

terte Yule jetzt, als sich im Haus immer noch nichts rührte.

»Glaub ich nicht«, flüsterte Joseph zurück.

Natürlich war sie da. Als die Kinder um die Hausecke bogen, sahen sie ihre Großmutter im Garten vor ihren beiden geliebten Apfelbäumen. Sie wandte ihnen den Rücken zu. Und zwischen den schrundigen Ästen spannte sich ein riesiges Spinnennetz. Kein normales, von Spinnen gewebtes. Oma hatte all ihre Wolle, in sämtlichen Farben der Welt, in diesem Netz versponnen.

»Ich wollte endlich einmal wissen, wie sich so eine Spinne fühlt«, sagte ihre Oma, ohne sich umzudrehen.

»Und?«, fragte Myriam. »Hast du es herausgefunden?«

Aber da flog Yules Rucksack schon einem Büschel Löwenzahn auf die gelben Köpfe und Yule hing ihrer Großmutter um den Hals und rief: »Soll ich dir mein Froschnachthemd zeigen?«

»Aber ja«, sagte die kleine,

alte Dame entzückt. »Wenn ich dir dann mein Krokodilnachthemd zeigen darf?«

Sie setzte Yule sanft ab. »Was haltet ihr von grüner Suppe?«

Und so saßen sie wenig später am Küchentisch und löffelten grüne Suppe. Dieses Mal fragte keiner von ihnen nach, welche Pflanzen sich in die Suppe verirrt hatten. Yule wurde jedes Mal wütend, wenn sie hörte, dass ihre Oma Gänseblümchen verarbeitet hatte.

»Wie schön, dass ihr da seid!« Oma sah sie alle über den Rand ihrer Brille an. »Gibt es einen besonderen Grund dafür?«

»Wir lieben dich«, sagte Myriam und biss in ein Stück selbst gebackenes Brot.

»Das freut mich aber«, sagte ihre Oma und lächelte.

Und da fühlte Joseph es auch – wie sehr er seine Oma lieb hatte, seine schusselige Oma mit dem grauen Wuschelkopf, der dem von Myri so ähnlich war.

Onkel Bertil kam durch das Fenster gesprungen und landete mit einem fetten Plumps auf dem Dielenboden.

Er beobachtete sie mit seinen nebelgrauen Augen und dann … sprang er Joseph auf seine schmalen Jungenknie.

»Uff«, machte Joseph und beobachtete den Kater zur Sicherheit eine Weile, bevor er vorsichtig begann, ihn zu streicheln.

Da platzte Yule heraus: »Wir suchen Weihnachten«, wobei sie den Tisch unter einen Sprühregen aus Brotkrümeln setzte.

Ihre Oma sah sie an, und ihr Blick war genauso leer, wie der ihrer Mutter gewesen war. »Was sucht ihr?«

Joseph biss sich auf die Lippe. Er hätte es wissen müssen. Warum sollte Oma anders sein als alle anderen?

Na ja. Sie *war* eben anders, sie war immer anders gewesen.

»Weihnachten«, murmelte er. »Das mit den Geschenken und dem Tannenbaum und so.«

Seine Großmutter beobachtete ihn nachdenklich. »Habe ich das im Garten?«

»Neben deinem Garten, um genau zu sein«, sagte Myriam. Und dann beugte sie sich tief über ihren Suppenteller und Joseph sah, dass ihre Augen rot wurden.

»Der eiskalte Berg – da ist Weihnachten drauf«, erklärte Yule. »Und ich habe das rausgefunden.«

»Das ist vielleicht ein blödes Ding«, fing ihre Oma an zu schimpfen. »Bestimmt ein Erdpickel. 'ne Allergie, die die Erde gegen die Menschen bekommen hat.«

»Kann man da rauf?«, fragte Joseph.

Die alte Dame schüttelte den Kopf. »Auf keinen Fall. Das ist streng verboten«, sagte sie energisch. »Vorläufiges Forschungs- und Observationsgebiet. Da wimmelt es vor Wissenschaftlern. Mit Wachhunden.«

Joseph zuckte zusammen. Hunde waren nicht seine Lieblingstiere. Er hatte eher … panische Angst vor ihnen.

Aber Yule schrie: »Oma, wir müssen da drauf! Da ist doch Weihnachten!«

»Ach – heißt der Berg so?«, fragte ihre Oma verwundert. »Haben sie ihn jetzt schon getauft? Nach nur zwei Tagen?«

»Steht er seit genau zwei Tagen da?«, hakte Myriam nach.

Oma nickte.

Myriam blinzelte Joseph zu.

»Wir müssen auf jeden Fall dorthin.«

Ihre Oma sah sie verblüfft an. »Das geht nicht. Und außerdem ist es gefährlich.«

»Ich mag Hunde«, stellte Myriam fest. »Und Wissenschaftler.«

Ihre Oma beugte sich vor. »Auf dem Berg herrscht eine tödliche Kälte, heißt es«, flüsterte sie. »Die Wissenschaftler klettern nur mit spezieller Spezialkleidung darauf.« Sie schüttelte ihren Kopf. »Anstatt einfach ein paar anständige Wollpullover zu nehmen«, murmelte sie.

»Hast du noch die Pullover von Opa?«, fragte Myriam schnell.

Opa war vor einer Reihe von Jahren einfach verschwunden. Selbst Myriam erinnerte sich kaum noch an ihn.

»Jede Menge«, erklärte ihre Oma jetzt. »Und alle selbst gestrickt.«

»Hast du uns nie gezeigt«, sagte Myriam vorwurfsvoll.

Joseph sah sie an, zog die Augenbrauen hoch und hob die Schultern. Warum fragte sie denn plötzlich nach Opas Wollpullovern?

»Die liegen alle noch in meinem Schrank«, sagte ihre Oma.

Ihre Augen glänzten. Sie bückte sich, holte ein Taschentuch aus ihrem Hausschuh und schnäuzte sich hinein. »Muss auch eine Allergie sein«, murmelte sie.

Jetzt zwinkerte Myriam Joseph zu.

Joseph rollte die Augen. Und Yule schaute von einem zum anderen.

Ihre Oma aber gähnte so laut, dass der Kater zusammenzuckte.

»Seid ihr noch gar nicht müde, Kinder?«

Natürlich waren sie nicht müde, nur eine Oma

konnte so früh schon müde sein. Trotzdem fing Myriam ebenfalls an zu gähnen. »Doch, total.«

Und dieses Mal begriff Joseph. »Hast du eine Zahnbürste für mich, Oma? Ich hab meine vergessen.«

Als ihre Großmutter ächzend aufstand und sich auf den Weg machte, um eine zu suchen, zwinkerte Joseph Myriam zu.

Myriam kraulte Onkel Bertil den Kopf. »Ich bin sicher, du weißt was über Weihnachten«, murmelte sie.

Der Kater lehnte seinen dicken Kopf gegen Myriams Hand und schnurrte wie ein alter Dieselmotor.

»Du meinst, wir ziehen die Pullover einfach an und gehen dann alleine dahin?«, flüsterte Joseph.

»Klar.«

»Cool. Und Yule?«, wisperte Joseph.

Yule schien ihn nicht zu hören. Sie spielte mit Omas alten Schachfiguren und die waren gerade in einen Streit verwickelt.

»Viel zu gefährlich. Yule ist noch zu klein.«

Joseph sah verstohlen zu seiner kleinen Schwester hinüber und nickte.

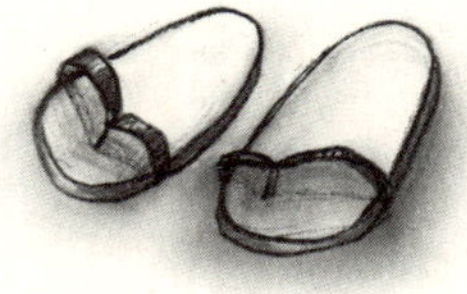

Ein unheimlicher Ausflug

Die Nacht, eigentlich die zweitlängste des Jahres, hatte die Erde in ihre warmen Sommerarme genommen.

Die Vögel schliefen schon. Und viele Menschen auch, besonders die ältesten und die jüngsten.

Das hofften jedenfalls die zwei Kinder, die in einer Küche in einem kleinen Fachwerkhaus vor dem offenen Kühlschrank standen.

»Meinst du, Hunde mögen Würstchen?«, fragte Joseph und fischte etwas Eingeschweißtes aus dem zweiten Fach.

»Klar. Gib her!« Myriam stopfte die Packung in den alten Rucksack von Opa. »Damit können wir sie eine Weile ablenken.«

Joseph kaute an seinem Daumennagel. »Wie viele Tage sind es eigentlich noch bis Heiligabend?«

»Pssst. Sonst wacht Yule auf.«

Joseph wiederholte seine Frage noch einmal, so leise wie der Nachtwind.

Myriam zog die Augenbrauen zusammen. »Hm. Ich glaube …« Ihre Augen weiteten sich. »Heiligabend ist schon übermorgen!«

»Wie sollen wir das denn schaffen?«

Myriam stöhnte. »Beeilen?«

Und sie beeilten sich. So sehr, dass Joseph beinahe die Treppe hinauffiel und Myriam fast den Rucksack vergaß und um ein Haar über Onkel Bertil stolperte, der unentwegt um ihre Beine strich und …

Aber dann standen sie vor der schiefen Schlafzimmertür ihrer Großmutter.

Ihre Herzen hämmerten, weil sie genau wussten, dass diese Tür klemmte und Geräusche machte wie ein aufgeregtes Meerschweinchen.

Sie waren an Yules Zimmertür vorbeigeschlichen und dahinter hatte es ruhig geatmet.

Aber wenn Omas Tür jetzt losquietschte …

Myriam stellte sich vor, wie sie die Tür öffnete. Wie ihre Oma den Kopf aus der dicken Daunendecke heben würde und sie verwundert ansehen würde. Dann würde Myriam sagen: »Hallo, Oma, wir wollten dich nur mal fragen, ob du gut schläfst.«

Sie kicherte lautlos.

Natürlich quietschte die Tür.

Schwärze. Myriam spürte, wie Joseph ihr in den Nacken atmete.

Sie lauschte so sehr, dass ihre Ohren brummten.

Das Bett knurrte ein wenig. Behutsam schlichen Myriam und Joseph ins Zimmer.

Tastete da jemand nach dem Lichtschalter? Myriam wurde es eiskalt und ihr Herz fing an zu hüpfen.

Da. Jemand schnaufte, schnell und aufgeregt, und es klang nicht wie Joseph.

Und dann – kurz bevor Myriam in Ohnmacht fiel – ging das Deckenlicht an.

Omas Bett war leer. Aber hinter ihnen prustete es. Myriam und Joseph fuhren herum.

Und dort im Eingang stand Yule in ihrem Froschnachthemd und blinzelte ins Licht.

»Mann, was machst du denn da?«, stöhnte Myriam.

»Ich konnte nicht schlafen.«

»Und wo ist Oma? Warum liegt sie nicht in ihrem Bett?«

»Weil ich doch nicht schlafen konnte«, fing Yule an und kratzte sich mit ihrem rechten Fuß an ihrem linken Schienbein. »Da hat Oma sich zu mir gelegt, um mich ein bisschen zu kuscheln. Und dann ist Oma eingeschlafen, aber ich nicht … Jetzt können wir die Pullover klauen.«

»Wir wollten dich aber gar nicht mitnehmen«, stellte Joseph seufzend fest.

»Manchmal bist du ganz schön schlau«, sagte Myriam. »Grins nicht so!«

Und so kam es, dass drei Kinder nicht viel später (denn sie hatten sich furchtbar beeilt) in der warmen Nachtluft standen. Dunkelblau lächelte der Himmel auf sie herab und funkelte mit allen seinen Sternen.

Joseph warf einen Blick zu Myriam hinüber. Sie

sahen aus wie selbst gestrickte Käfer. Myriams Füße steckten in Omas Winterstiefeln und seine in Opas – ausgestopft mit Schals und Wollsocken. Um Yules Füße hatten sie Opas alte Kaschmirschals gewickelt und Opas riesige alte Norwegerjacke mit den vielen Taschen schlotterte um ihre kleine, dünne Gestalt.

Nur ein paar Glühwürmchen tanzten durch die Jasminbüsche, sonst war es stockdunkel und so still, dass man die Sterne singen hören konnte. Wie Yule immer behauptete.

Joseph blieb stehen.

»So kommen wir nie beim Berg an. Ich schwitz mich nämlich vorher tot.«

»Ach, hör auf, du klingst wie Papa«, sagte Myriam. »Zieh dir eben einen Pullover wieder aus. Aber mach schnell.«

Woraufhin Joseph sie wütend anfunkelte.

»Vielleicht hat Oma ja noch ein Rad in der Garage. Dann sind wir schneller.«

»Klar, sonst nehmen wir eben das alte Bobbycar«, murmelte Myriam. Aber sie hatte nichts dagegen, als Joseph die Garagentür öffnete, und sie versuchte auch, nicht zu kichern, als ihm Omas alte Staffelei auf die Füße fiel.

»Ey, schaut mal!«, rief er. »Da stehen wirklich noch Omas und Opas Räder.«

Und kurze Zeit später murmelte es aus der Garage: »Wahnsinn. Sogar aufgepumpt.«

Die Räder sirrten durch die Nacht über den glatten Asphalt. Der Wind fuhr durch das Maisfeld neben ihnen und ließ die Blätter rascheln.

Yule sah hinauf zu ihren liebsten Sternen. Da war der Große Bär – sie zwinkerte ihm zu, denn das konnte sie seit Neuestem, und schlenkerte fröhlich mit den Beinen, bis Joseph von vorne mahnte: »Pass auf, dass du mit deinen Füßen nicht in die Speichen kommst.«

Pah! Klar passte sie auf. Aber es kribbelte so in ihrem Bauch, dass sie einfach nicht ruhig auf dem Gepäckträger sitzen konnte.

Uh, war der Berg unheimlich. Er sah aus wie eine riesige Gewitterwolke. Und Yule hasste Gewitter.

Sie umklammerte Joseph fester. Plötzlich war ihr gar nicht mehr so heiß.

Auch Joseph war dankbar für die Nähe seiner Schwester. Denn die Luft an seinen nackten Armen wurde schon kühler. Als strecke der Berg bereits seine eisigen Finger nach ihm aus.

Die Straße machte eine Biegung, aber Joseph bog holpernd in einen Waldweg ein. Hinter den Bäumen erhob sich drohend der Berg. Yule klammerte sich an Joseph, während die Zweige an ihnen vorbeiwischten.

Und dann war der Weg zu Ende. Einfach vorbei. Stattdessen führte ein schmaler Pfad ins Dickicht.

»Da geht's bestimmt lang«, flüsterte Joseph und riss Opas Pullover vom Gepäckträger, um ein weiteres Mal in die Ärmel zu steigen. Das Fahrrad flog in den kleinen Graben neben dem Weg und Yule schob ihre Hand in seine.

»Wartet doch mal!«, fauchte Myriam hinter ihnen. »Oder wollt ihr ohne Würste vor den Hunden stehen?«

Die Hunde … Joseph und Yule sahen sich an. Myriam riss die Packung auf.

»Hier«, sagte sie und gab jedem drei Würstchen in die Hand.

Und dann – dann waren sie in der duftenden Finsternis des Waldes.

Schweigend liefen sie den Pfad entlang. Je näher sie dem Berg kamen, desto stiller wurde es. Nur die Luft klirrte leise vor Kälte.

»Scht!«

Hundebellen. Gar nicht weit entfernt. Joseph umklammerte seine Würstchen wie eine Pistole …

Da waren sie plötzlich vor ihnen. Hechelnde Schatten stürzten zwischen den Bäumen hervor, blieben stehen, knurrten – einer, zwei, vielleicht fünf.

Josephs Herz raste. Er warf seine Würstchen von sich, so schnell und so weit er konnte. Und er sah weitere Würstchen zwischen die Hundeleiber fliegen. Nur Yules kamen nicht so weit.

Die Hunde senkten ihre Köpfe.

Sie schnüffelten an den Würsten.

Sie hoben die Köpfe wieder.

Sie rückten näher.

Und: Sie knurrten.

»Verflixt«, flüsterte Myriam heiser. »Wir hätten mal auf die Packung schauen sollen.«

»Warum?«, hauchte Joseph, den Blick fest auf die Hunde geheftet.

»Oma ist doch Vegetarierin. Das sind Sojawürstchen.«

Kälte

Der Kreis der Hunde zog sich zusammen.

»Hilfe, was machen wir jetzt?«, flüsterte Joseph.

»Öh, keine Ahnung?«, hörte er Myriam hinter sich.

Yule wimmerte leise. Wie ein panisches Tierchen drückte sie sich an Joseph.

Und Joseph legte seine Arme fest um seine kleine Schwester, auch wenn er sich selbst nicht mutiger fühlte.

Da trat jemand vor ihn. Myri!

Knurrte Myriam die Hunde wirklich an? Nein, sie sprach wohl mit ihnen.

Seltsam: Die Hunde wichen zurück und begannen, einer nach dem anderen, mit den Schwänzen zu wedeln.

Einer rieb sich die Vorderpfote über das Maul, ein anderer hechelte so, dass es aussah, als lächele er.

Myriam fasste Joseph am Arm. »Ich glaube, wir können jetzt weitergehen«, sagte sie leise.

»Cool. Was hast du ihnen bloß gesagt, Myri?«

Myriam zuckte die Schultern. »Ich habe nur irgendetwas auf sie eingemurmelt.«

Als die Kinder sich wieder auf den Weg machten, setzten sich die Hunde ebenfalls in Bewegung. Wie eine schweigende, lebende Welle liefen sie ihnen hinterher und jedes Mal wenn sich Joseph umsah, wedelten sie mit den Schwänzen.

Die Kälte knabberte an ihren Fingern, sie bohrte sich durch die Maschen der Pullover und biss in ihre Ohrläppchen. Die Geschwister wickelten sich die Wolle fester um den Leib und zogen ihre Hände in die Ärmel zurück. Weit über ihnen ragte der kalte Berg in die Höhe. Ein blasses Licht ging von ihm aus und auf den Tannen glitzerte es.

»Schnee«, hauchte Myriam.

»Wie schön«, flüsterte Yule.

Joseph stolperte über eine Wurzel. »Aua!«

»Pssssst!« Myriam sah ihn strafend an.

»Wieso? Die Hunde tun uns doch nichts mehr!«, beschwerte Joseph sich.

»Ja. Aber willst du, dass die Wissenschaftler uns abfangen?«, fauchte Myriam.

»Meinst du, die sitzen da auf den Ästen?«, fragte Joseph entsetzt.

Myriam verdrehte die Augen. »Guck doch mal!«

Das Gestrüpp am Wegrand war dünn und zwischen den Zweigen schimmerte es blass. Joseph konnte eine Lichtung erkennen, mit geisterhaften Dreiecken darauf.

»Ein Zeltlager«, flüsterte Myriam neben ihm.

»Gehen wir jetzt endlich rauf?«, fragte Yule und zeigte mit dem Finger nach vorn.

Dort begann ein Pfad, ein kleiner Trampelpfad, kaum zu sehen in der körnigen Dunkelheit. Der Wind hatte sich inzwischen beruhigt, der Mond war aufgegangen und auf dem Pfad funkelte und glitzerte der Schnee, als seien tausend winzige Sterne auf die Erde gefallen und lägen nun dort und schliefen.

Nein, Yule wartete nicht auf ihre Geschwister. Sie lief einfach los durch das letzte Stückchen Sommer, sodass Joseph und Myriam nichts übrig blieb, als hinter ihr herzurennen.

Nur die Hunde blieben am Saum des Waldes zurück.

Sie wedelten ein letztes Mal mit den Schwänzen, als wollten sie sich verabschieden. Oder sagen: »Viel Glück«, dachte Joseph.

In der Luft zitterte etwas. Wie ein hohes, geheimnisvolles Singen. Der Wald hatte Myriam und Yule schon verschluckt.

Da atmete Joseph tief ein – und dann verschwand auch er zwischen den Tannen.

Myriam, Joseph und Yule standen auf dem verschneiten Pfad und sahen sich um. Wie merkwürdig: Es war, als ob die Welt außerhalb des kalten Berges verschwunden sei. Als ob sie unter einer Glocke aus eiskaltem Glas stünden.

Es war so kalt, dass sie ihre Fingerspitzen kaum

noch fühlten. Schwarz stachen die Nadelbäume in den Himmel, Blaufichten und normale Fichten und Blautannen und normale Tannen und Kiefern … und alle waren sie mit Schnee bedeckt.

Der Schnee – ach, Schnee – er war leicht wie Staub, jeder Schritt wirbelte einen Nebel aus feinsten Kristallen auf.

»Winter!«, rief Myriam und ließ sich in den Winter hineinfallen, sodass eine glitzernde Wolke aufstob. Kreischend stürzte Yule sich kopfüber hinterher und dann wurden sie alle drei schneesüchtig, bewarfen sich mit dem flimmernden Puder und kicherten und schrien bis hinauf zu den Sternen. Und die Sterne funkelten zurück.

»Weihnachten«, sagte eine kleine Stimme.

Joseph sah von seinen blauen Fingern auf, mit denen er gerade wieder einen Haufen Schnee zusammenraffte.

Da stand Yule mit großen, glänzenden Augen.

»Weihnachten«, flüsterte sie. »Hört ihr es nicht?«

Joseph und Myriam sahen sich an. Hörte ihre kleine Schwester wieder die Sterne singen?

Aber dann, dann vernahmen sie es auch! Wie winzige gläserne Glöckchen, wie ein endlos fernes Xylofon, als ob die Luft selbst singe.

Starr standen die Geschwister da.

»Irre«, flüsterte Myriam in die Stille hinein. »Bestimmt ist es irgendwo dort oben. Bestimmt müssen wir weiter hinaufsteigen.«

Niemand widersprach. Und so marschierten sie los. Es ging steil aufwärts, aber der Trampelpfad führte nicht gerade hinauf, sondern in Windungen und Schlingungen.

Von Zeit zu Zeit fielen ganze Haufen von Schnee von den Bäumen. Kein Geräusch drang aus der Außenwelt zu ihnen – kein Flugzeug, kein Autolärm. Auch die zauberhafte Musik ließ sich nicht wieder hören. Stille ringsumher, nur Keuchen und das Knirschen von Schnee.

Dieses Mal war es Yule. Eine Sekunde lang dachten Myriam und Joseph, es sei der Berg selbst, doch dann erkannten sie Yules leise, klare, etwas atemlose Stimme: »Oh, Tannenbaum, oh, Tannenbaum«, sang sie.

Keiner der anderen setzte ein und so sang Yule ihr Lied ganz alleine zu Ende.

Und nun begann es wieder: zarte glockenartige Musik, von der niemand sagen konnte, woher sie kam. Sie schien überall zwischen den Bäumen zu schweben.

»Schaut mal«, flüsterte Yule.

Wie herbeigezaubert stand es dort. Vor ihnen, auf einer kleinen Lichtung, vielleicht fünf Schritte weit entfernt. »Ein Reh«, flüsterte Joseph.

»Quatsch«, wisperte Myriam. »Das ist ein Rentier.«

»Ein Rentier wie das vom Weihnachtsmann?«, fragte Joseph.

Yules Augen wurden groß. »Glaubt ihr, jetzt kommt er gleich? Der Weihnachtsmann?«, hauchte sie.

Myriam zuckte mit den Schultern. »Erst mal ist das bloß ein Rentier«, sagte sie nüchtern.

»Nur so ein normales Rentier?«, fragte Joseph.

Myriam sah ihn an. Ja, ganz sicher war sie sich natürlich nicht. Sie begann zu zittern und das hatte nicht nur etwas mit der Kälte zu tun.

Aber niemand erschien. Stattdessen sah es so aus, als ob das Rentier ihnen zuzwinkere. Dann sprang es mit einem Satz zwischen die Fichten und war schon wieder verschwunden.

»Bestimmt will es, dass wir hinter ihm herlaufen«, sagte Yule fest überzeugt. Der Schnee türmte sich hoch unter den Bäumen. Dort nistete die Dunkelheit, kein Mondlicht verfing sich zwischen den dichten Ästen, kein kleiner, freundlicher Pfad führte durch sein Dickicht. So einer wie der, auf dem sie gerade standen.

Aber da stellte Joseph fest, dass er allein auf dem kleinen, freundlichen Pfad stand, denn die anderen hatten sich schon auf den Weg gemacht und wühlten sich bergauf durch den tiefen Schnee.

Also stapfte er hinter ihnen her.

Uralte Lieder

Tiefe Dämmerung umfing sie. Doch so dicht die Tannen auch standen – es war, als bildeten sie eine Schneise, als bögen sie ihre Zweige zur Seite, um die Geschwister passieren zu lassen. Schweigend kletterten sie bergauf, und hin und wieder hielten sie kurz inne, um zu lauschen.

Yule stolperte voran.

Bestimmt versteckte Weihnachten sich einfach. Irgendwo hinter einem Baum. Und der Weihnachtsmann … vielleicht würde sie ja den Weihnachtsmann sehen …

Sie pflügte noch schneller durch den Schnee.

Der Schnee war wirklich tief, Yule zog ihre Hände tief in Opas Wolljacke zurück.

Ihre Zehen waren kalt. So kalt.

Also: Rentiere fraßen keine Menschen, jedenfalls

normalerweise nicht. Aber wer wusste schon, wie diese besonderen Rentiere so drauf waren? Joseph zitterte etwas stärker und versuchte, so dicht wie möglich an Myriam zu bleiben. Die kannte sich mit Tieren aus, besonders mit richtig gefährlichen, zum Beispiel Löwen.

Er runzelte die Stirn: ob in der Weihnachtsgeschichte irgendwo Löwen vorkamen? Oder … Schlangen? Oder … Drachen?

Eigentlich hatten ihm die Hunde schon gereicht.

Der Wald war so still.

Wie die Sterne auf sie herabfunkelten!

Joseph seufzte, rieb sich die Augen und kletterte dann langsamer weiter.

Myriam blieb stehen und sah sich um.

»Oh, da«, flüsterte sie. »Seht doch nur mal, da!«

Es war in der Dämmerung nur schwach zu sehen und im ersten Moment sah es aus, als hätte jemand zwischen den Blautannen einen Apfelbaum verborgen, dessen Äpfel im Dunkeln rot schimmerten. Doch dann … eine Kerze flammte dort auf den Ästen des Baumes auf, und sofort wurde der Wald um sie herum noch dunkler.

Es war, als würde die Kerze sie an den Pulloverärmeln zupfen, sodass sie sich alle auf sie zu bewegen mussten.

Dort leuchtete eine zweite Kerze … und noch eine. Und ihre Flammen spiegelten sich in den Kugeln wider, die sie für Äpfel gehalten hatten. Sie funkelten und drehten sich langsam in der warmen Luft, die von den vielen knisternden Kerzen aufstieg, und

irgendwo tief in ihnen erwachte ein seltsames Gefühl und bahnte sich den Weg in ihre Köpfe.

Yule lächelte.

»Weihnachten. Hab ich doch gesagt!«

Sie standen vor dem Baum, hielten sich an den Händen und lauschten.

Die Musik war zurückgekehrt, deutlicher als zuvor. »Das kenne ich«, flüsterte Myriam. »Das ist ein ururaltes Weihnachtslied. ›Sei uns willkommen, Herre Christ‹.« Und sie begann, leise zu singen.

Die Kerzen knisterten.

Beinahe unmerklich wandelte sich die Melodie. Langsame, getragene, leise ansteigende Töne, die von irgendwoher aus der Dunkelheit zu ihnen drangen. Vielleicht klangen sie auch in ihnen selbst, das konnten sie beim besten Willen nicht entscheiden.

Myriam starrte vor sich hin. »Es kommt ein Schiff geladen.«

»Seht mal!«, stieß Joseph aus.

Nicht weit von ihnen entfernt trat ein Rentier aus

dem Wald. Nein, zwei Rentiere … nein, drei, vier waren es. Sie liefen in Paaren und blieben vor ihnen stehen. Und dann sahen sie zu den Geschwistern hinüber mit ihren großen, schönen Augen.

»Sie ziehen einen Schlitten, was für einen prächtigen!«, flüsterte Myriam. Oh ja, der Schlitten war wie für einen König gemacht. Er schimmerte golden und war gefüllt mit roten, weichen Kissen.

»Der Schlitten vom Weihnachtsmann!«, quietschte die kleine Yule auf.

Im selben Moment war er fort, wie weggewischt, und der Schnee lag unberührt vor ihnen. Keine Schlittenspur zeichnete sich in ihm ab und auch keine Rentierspur.

Myriam blickte sich verwirrt um. »Wohin ist er denn verschwunden? Oh, schaut mal – da sind Misteln! Dabei wachsen die doch gar nicht auf Tannenbäumen!«

»Was sind denn Misteln, Myri?«, fragte Yule.

»Warte«, murmelte ihre Schwester und sie stapfte ein Stück durch die Winternacht, bis sie nur noch ein Schatten war.

Als sie in den Kreis des Kerzenlichtes zurückkehrte, steckte sie Joseph und Yule je einen kleinen Zweig mit einer weißen Beere in die Pullovermaschen.

»Die schützen vor den bösen Wintergeistern.«

Joseph fuhr zusammen und sah auf seine Misteln herab, aber Yule sagte: »Hier gibt es keine bösen Geister, hier ist Weihnachten!« Und sie stampfte mit dem Fuß auf, als sei das ein Befehl.

Myriam lächelte Yule zu und sah ihren Bruder verächtlich an. »Mann, Joseph, du bist echt ein Schisser. Vor allem hast du Angst – erst vor den Hunden, dann vor den Rentieren und jetzt sogar vor …«, sie markierte mit ihren Fingern Anführungszeichen, »bösen, bösen Wintergeistern.«

Joseph überkam es zitternd heiß. Er nahm den armen, unschuldigen Mistelzweig und schleuderte ihn in den Schnee, dass es staubte.

»Ich weiß genau, dass es keine bösen Wintergeister gibt!«

»Hmmm«, gab Myriam spöttisch zurück. »Da bin ich mir aber nicht so sicher.«

Joseph kochte. Es war so gemein, dass sie ihn immer mit seiner Angst aufzog. Es war so gemein … und bevor er es richtig begriff, stürzte er sich mit erhobenen Fäusten auf seine Schwester.

»Myri!«, hörten sie Yule plötzlich rufen. »Myri, mir ist so kalt!«

Ein Wind hatte sich erhoben, wirbelte den Schnee auf und ließ ihn unter den Bäumen kreiseln. Ein Ächzen ging durch den Wald. Die Kinder fuhren auseinander und zitterten.

»Die Kerzen!«, rief Yule entsetzt. »Die Kugeln!«

Der Wind hatte die Kerzen ausgeblasen und sie verblichen, wurden durchsichtig und entschwanden wie davongepustet. Und nun verblassten die roten Kugeln. Weihnachten verschwand erneut, davongeweht von dem grausam-eisigen Wind.

»Yule! Deine Nase!« Myriam starrte auf die Nasenspitze ihrer kleinen Schwester. »Die ist so weiß wie der Schnee!«

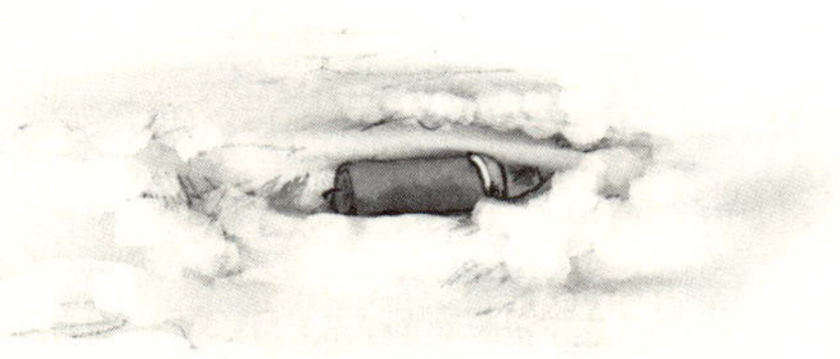

»Wir müssen hier weg!«, brach es aus Joseph heraus.

Yule presste mit großen Augen die Ärmel ihrer Opajacke auf ihre Nase.

»Los, komm!«, rief Myriam. »Runter hier!« Sie schubste Yule beinahe in den Schnee. »Joseph, deine Finger!«, rief sie entsetzt.

Joseph starrte auf seine Fingerspitzen.

»Rennt!«, schrie Myriam.

Und das taten sie. Sie rannten bergab und wirbelten Lawinen aus Schneestaub auf.

Waren sie wirklich so lange den Berg hinaufgeklettert? War der Weg wirklich so unendlich weit?

»Weiter jetzt!«, keuchte Myriam. »Raus aus der Kälte, so schnell wie möglich!«

Nie würden sie das, was nun folgte, vergessen. Oh nein, nicht einmal, wenn sie so alt werden würden wie Weihnachten selbst.

Sie würden nicht die Wurzeln der Morgenröte vergessen, die sich über den Himmel ausbreiteten, und nicht den fahlen Geruch des anbrechenden Tags.

Vor allem aber würden sie sich immer an den Mann erinnern, der vor seinem Zelt stand, gähnte, sich streckte und, als sie zwischen den Ästen hervorbrachen, genau zu ihnen hinübersah. Besonders an die Augen des Wissenschaftlers. Nein, die würden sie auch nicht vergessen.

»Los, kletter auf meinen Rücken!«, keuchte Joseph zitternd und Yule tat es, ohne zu fragen. Dann rannten sie weiter.

Yule drückte ihre eiskalten Finger an Josephs Hals und Joseph spürte, wie sie langsam auftauten. Die Luft wurde milder.

Sie rannten. Sie bekamen Seitenstiche – und rannten trotzdem weiter und Myriam musste wieder und wieder auf Joseph warten.

Die Räder! Dort lagen die Räder!

Joseph zerrte sein Rad hoch und setzte Yule auf den Gepäckträger. Der Ständer hatte sich mal wieder verklemmt, so ein Mist!

Endlich!

Durch den Wald fädelten sich schreckliche Geräusche: Rufe, knackende Äste, eine Trillerpfeife.

Myriam war schon ein Stückchen vorausgefahren. Sie wandte sich um: »Jetzt kommt!«

Keuchend traten sie ihre Fahrräder durch den frühen Morgen, voller Angst und doch sooo müde.

Die Geräusche der Verfolger aber blieben zurück, bis das Einzige, was sie hörten, der Morgengesang der Vögel war.

Ihre Oma wachte nicht auf, als sie ins Haus schlichen, auch wenn das ein wahres Wunder war. Und als sie am nächsten Morgen wach wurden, hatten sie alle noch ihre Kleider an. Und: jede Menge Pullover unter den Betten versteckt.

Ein merkwürdiger Mann

Die Sonne blinzelte durch die Zweige des Apfelbaums, streichelte die feinen Fäden des bunten Spinnennetzes und fand zuletzt den Weg durch die Scheiben der Küchenfenster. Sie malte huschende Flecken auf die Brötchen, den Honig und die Schale mit der halb zerflossenen Butter darin.

»Gehen wir heute ins Freibad?«, fragte Myriam und biss in ihr Brötchen, dass die Krümel nur so flogen.

Sie konnten ihre Oma im Keller herumrumoren hören. Joseph seufzte. Eigentlich durfte man seine Oma nicht anschwindeln und ihr erzählen, dass heute Lehrerkonferenz war und sie deswegen schulfrei hatten. Aber dies war ein Notfall.

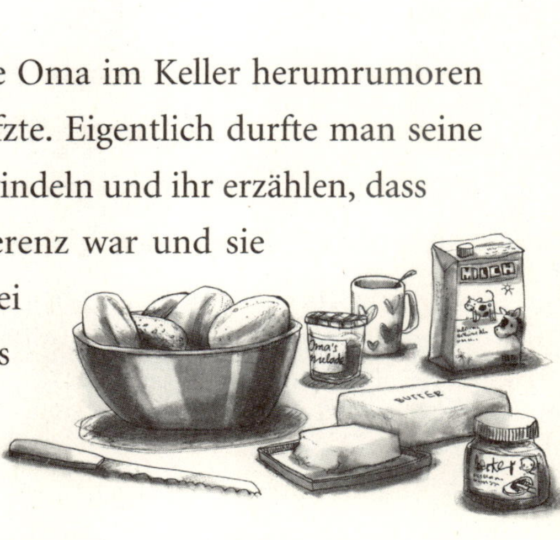

»Freibad?«, fragte er dann verblüfft und starrte Myriam an. »Mann, wir haben kaum noch Zeit, wir müssen Weihnachten retten!«

Myriam runzelte die Brauen. »Weihnachten?«

»Total witzig, Myri«, murrte Joseph. »Das mit den Geschenken, weißt du noch?«

Er sah auf und traf Myriams Blick. Kalt lief ihm der Schrecken durch die Glieder. Ihr Blick war leer. Still und durchsichtig und schimmernd blau wie Freibadwasser am frühen Morgen.

Joseph packte ihren Unterarm. »Myri! Weihnachten! Was wir gestern gesehen haben! Auf dem Berg! Mit … mit dem Schlitten. Und … und der Musik!«

Myriam lächelte verständnislos. »Musik?«

Da fing Yule an zu summen. Es war das uralte Weihnachtslied, das Myriam erkannt hatte, dort, auf dem eiskalten Berg unter den Tannen. Es war … nein, wie es hieß, hatte Joseph vergessen.

Aber Myriam schien es nicht vergessen zu haben. Sie blinzelte. »Sei uns willkommen, Herre Christ«, sagte sie leise und Joseph sah, dass ihr Blick wieder aufgewacht war.

Er nickte erleichtert. Genau, so hieß das.

»Was machen wir denn jetzt bloß?«, fragte er seine große Schwester. »Warum ist Weihnachten auf dem Berg wieder verschwunden?«

»Das war erst, als der Wind gekommen ist«, stellte Yule fest.

Josephs Becher knallte auf die Tischplatte. »Ich hab eine Idee! Ihr habt doch den Schlitten gesehen, oder?«

»Jaaa«, seufzte Yule mit seligem Blick.

»Schlitten?«, fragte Myriam.

»Mann, Myriam! Der mit dem vielen Gold, doch!«

Myriam nickte langsam und Joseph fuhr fort: »Und wo war der Weihnachtsmann?«

Die anderen schüttelten die Köpfe.

»Vielleicht hat er sich ja im Wald versteckt und nicht rausgetraut«, flüsterte Yule.

»Jahaa … oooder?« Joseph stützte sich auf seine Hände und schaukelte hin und her.

»Mann, sag's doch einfach!«

Joseph holte tief Luft. »Oder … wir müssen ihn eben suchen. Er ist verloren gegangen! Und wenn wir ihn finden und zu seinem Schlitten bringen, dann kommt Weihnachten wieder zurück. Und – wir kriegen natürlich auch Geschenke.«

Keinem fiel auf, dass zumindest zwei von ihnen vor nicht allzu langer Zeit den Weihnachtsmann für eine Art Märchenfigur gehalten hatten.

Myriam seufzte. »Der Weihnachtsmann? Sitzt der nicht eigentlich am Nordpol?«

Yule schüttelte den Kopf. »Es ist doch bald Weihnachten. Der hat sich bestimmt schon auf den Weg gemacht«, sagte sie mit glänzenden Augen.

»Hey«, rief Joseph. »Vielleicht ist er unterwegs aus dem Schlitten gefallen und deswegen hat Weihnachten einfach angehalten. Sozusagen.«

»Und knüllt sich jetzt beleidigt auf diesem Berg zusammen«, fuhr Myriam fort. Joseph sah sie erleichtert an. Seine große Schwester schien wieder zu funktionieren. Vielleicht war sie nur müde gewesen.

»Also hatte ich Recht!«

»Womit denn, Yule?«

»Damit, dass auf dem kalten Berg Weihnachten ist!« Yule steckte den Finger in den Mund wie meistens, wenn sie dringend nachdenken musste. »Das wusste der Mann bestimmt auch. Sonst hätte er doch nicht gewollt, dass ich ihm die Zeitung vorlese.«

»Welcher Mann?«

Yule sah auf. »Der am Kiosk. Wo ich vorgelesen hab.«

»Der alte Mann?«, fragte Myriam und sie und Joseph fingen an zu lachen. Der alte Mann, der ihnen im Sommer das Wassereis verkaufte und im Winter die Riesengummiteddys und kleinen Colaflaschen zu fünf Cent das Stück? Der musste das Geld immer fünf Mal nachzählen, bis er endlich glaubte, dass Kinder richtig rechnen konnten.

Yule schüttelte den Kopf. »Doch nicht der *alte* Mann.«

»Wer denn dann?«

»Das war ein ganz anderer. Der war nett«, sagte sie und überlegte. »Mit einem bisschen Bart.«

»Mit einem bisschen Bart.« Joseph fiel plötzlich der junge Mann ein, damals, gestern, als Joseph im Hauseingang sein Eis gegessen hatte. Irgendetwas war merkwürdig an ihm gewesen. Ach ja, er hatte gefroren, obwohl es doch knallheiß gewesen war.

»Und dann habe ich ihn gefragt, ob er so friert, weil der Berg so kalt ist«, erzählte Yule, »und dann …«

Myriam war aufgesprungen. Sie packte Yule am Arm. »Ihm war kalt?«

Yule sah verwundert hoch. »Klar. Hab ich doch gesagt.«

»Den hab ich auch getroffen!«, rief Joseph dazwischen.

»Wie … wie sah er aus?«, fragte Myriam. Joseph sah, wie sie ganz blass wurde. »Hatte er …?«

Josephs Herz klopfte. »Er war ganz dünn. Und er hatte blaue Lippen, obwohl es doch so heiß war. Und … er hatte viele rötliche Haare auf den Armen.«

»Genau! Wie ein Orang-Utan«, sagte Myriam zufrieden.

»Und außerdem so ein bisschen …«

»Bart?«, fragten Myriam und Yule gleichzeitig.

Joseph nickte.

»Was hat er denn genau gesagt? Erzähl noch mal, Yule!«, drängte Myriam.

Yule überlegte.

Und dann begann sie zu erzählen.

»Er muss es sein«, hauchte Myriam. »Der junge Orang-Utan muss der Weihnachtsmann sein.«

»Der? Aber der Weihnachtsmann sieht doch ganz anders aus.«

»Aha, Yule! Und wie?«, fragte Joseph zurück.

Myriam stützte sich auf die Tischplatte und sah die anderen eindringlich an. »Verstehst du denn nicht, Yule? Es ist alles falsch, alles. Es ist heiß – und nicht kalt. Nur Sonne – und kein Schnee. Kein bisschen Weihnachten – im Dezember. Dann kann der Weihnachtsmann doch auch verkehrt sein. Eben jung statt alt und keinen dicken, weißen Bart, sondern Kinnfusseln. Bestimmt hat er sogar vergessen, dass er der Weihnachtsmann ist.«

Joseph sprang so schnell auf, dass sein Stuhl umkippte. »Wir müssen ihn zum kalten Berg bringen!«

Yule legte den Kopf schief. »Kommt Weihnachten dann wieder?«

»Bestimmt.«

»Gut, Joseph und ich können ja mal *versuchen*, den Weihnachtsmann zu finden«, sagte Myriam und sah Joseph sehr gerade in die Augen. Joseph bemühte sich, harmlos auszusehen.

»Wieso bloß ihr beide?«, fragte Yule empört.

Myriam seufzte. »Weil du nicht mitkommst. Du bist einfach zu klein, sieh das doch mal ein! Auf dem Berg bist du fast erfroren und die Wissenschaftler hätten uns beinahe erwischt. Weil du nicht so schnell laufen kannst!«

Yule blieb ruhig. Ganz ruhig. »Ich …«, sagte sie und sah Myriam fest in die Augen. »… komme …«, dabei stand sie auf und angelte nach ihren Flip-Flops. »… mit«, schloss sie und marschierte zur Tür.

Auf der Kellertreppe waren Schritte zu hören und Yule öffnete die Tür. »Sonst verpetze ich euch bei Oma.« Dann drehte sie sich um. »Kommt ihr?«

Auf der Suche

In der Hitze wirkte ihr Städtchen leer, die Straßen verlassen. Scharf lagen die Schatten der Laternen auf dem Pflaster und wuchsen unmerklich in die Länge.

»Jetzt zeige ich euch den Weihnachtsmann«, sagte Yule entschlossen und flip-flopte los in Richtung Kiosk.

Die anderen setzten sich erst zögernd in Bewegung, doch je näher sie dem Kiosk kamen, desto länger wurden ihre Schritte; und auf dem letzten Stück des Weges hatten sie Yule eingeholt.

Yule blieb so plötzlich stehen, dass Joseph und Myriam beinahe in ihre kleine Schwester hineingerannt wären. »Da ist nur wieder der alte Mann«, sagte sie enttäuscht.

Joseph lehnte sich an die Zeitschriften unterhalb

des kleinen Fensters und stellte sich auf die Zehenspitzen.

»Äh … Hallo, Entschuldigung«, keuchte er. »Gestern war so ein anderer Mann hier …«

Der Alte trat ans Fenster und hielt seine Hand ans Ohr. »Was sagst du, Junge?«

»Dieser junge Typ, der hier gestern verkauft hat, wo …«

Die milchigen Augen des Alten waren leer. »Gestern war geschlossen.«

»Aber … meine kleine Schwester sagt, ein junger Mann …«

Der Alte schüttelte energisch den Kopf. »Hier war gestern kein junger Mann nicht. Hier war gestern abgeschlossen.«

Und er hielt einen Schlüsselbund hoch, sodass er in der Sonne aufblinkte.

»Aber ...« Joseph plumpste auf seine Fußsohlen zurück.

»Das ist unmöglich!«, zischte Myriam. »Yule hat uns nicht angeschwindelt!«

»Und was wollt ihr nun?«, kam die brummelige Stimme aus dem Fensterchen.

»Drei Wassereis.«

Myriam hielt dem alten Mann drei Euro hin und der Alte nahm sie und verschwand murmelnd in seinem Kiosk.

Joseph zeigte auf eine der vielen Zeitungen. »Der dreiundzwanzigste«, sagte er. »Das bedeutet, dass morgen Heiligabend ist.«

Myriam nickte nur. Auf beinahe allen Zeitungen prangte ein großes Bild des kalten Berges.

»Bei der Untersuchung des kalten Berges, in Wissenschaftler-Kreisen scherzhaft ›Eisberg‹ genannt, gibt es neue Erkenntnisse«, las Myriam leise vor. »Man geht inzwischen davon aus, dass aufgrund der Erderwärmung Teile der Arktis verdrängt werden, dadurch gewissermaßen auswandern, um sich auf anderen Erdteilen wieder in die Höhe zu schieben.

Hochinteressant ist dabei die offensichtliche Entwicklung sogenannter Mikroklimata, die … Mikrowas? Boah, versteht ihr das?«

Yule hüpfte auf einem Bein um ihre Geschwister herum und sang: »Die sind so dumm, dumm, dumm.«

Myriam kniff die Augen zusammen. »Wisst ihr, was richtig komisch ist?«

Joseph und Yule schüttelten die Köpfe und Myriam fuhr befriedigt fort: »Diese Wissenschaftler müssen Weihnachten doch auch gesehen haben: die Tanne mit den Weihnachtskugeln und die Rentiere. Wieso schreiben die nichts darüber? Und stattdessen irgendwas über Mikro… Mikro…«

Joseph und Yule sahen sich an.

»Wir haben es gefunden, weil wir es gesucht haben?«, schlug Yule vor.

Myriam zuckte die Achseln. »Kann schon sein.«

»Und was machen wir jetzt?«, fragte Joseph.

»Weitersuchen natürlich.«

»Aber wo?«

»Warte mal …« Myriam überlegte. »Als ich den

frierenden Mann gesehen habe, hatte er lauter Briefe in der Hand …«

Joseph fiel ihr ins Wort. »Ein Briefträger! Ich bin genial, oder?«

Myriam warf ihm *den* Blick zu. »Träum weiter.«

Dann drehte sie sich um und marschierte los, ohne sich um ihre Geschwister zu kümmern.

»Hey! Wo gehen wir denn jetzt hin?«

»Zur Post natürlich«, erklärte Myriam der Anzeigentafel vor ihr.

Wenig später lehnten sie an der knubbeligen, leise vor sich hin glühenden Hauswand der alten Post. Keiner sprach.

Nein. Es hatte nie ein Briefträger mit einem dünnen Bart bei der Post gearbeitet, nie. Und ob sie nicht in die Schule gehörten? Der Mann, der die leeren Säcke faltete, hatte sehr, sehr misstrauisch ausgesehen.

Myriam seufzte.

Aber dann drückte sie sich entschlossen von der grau verputzten Mauer fort. »Und wo hast du den frierenden Mann gesehen, Joseph?«

Joseph warf ihr einen schnellen, erschrockenen Blick zu.

»Der ist mit dem Bus gefahren. Mit dem Siebenundzwanziger.«

»Okay. Dann fragen wir den Busfahrer vom Siebenundzwanziger, oder habt ihr eine bessere Idee?«

Stille.

Joseph setzte sich als Erster in Bewegung.

Doch dieses Mal liefen sie nicht; ihre Beine hatten sich in schwerfällige Klumpen verwandelt. Angst war in ihre Füße gekrochen und klebte die Schuhe am Pflaster fest.

Wie gut, dass Wassereis so wenig kostete. Und dass auch der Kiosk neben dem Bahnhof Wassereis verkaufte.

Sie lutschten still. Yule lief ihr rotes Eis aus den Mundwinkeln, sodass sie aussah wie eine Vampirin.

Sogar den richtigen Busfahrer hatten sie gefunden. Aber der hatte sie nur angestarrt, als seien sie gerade frisch vom Mond heruntergeplumpst, und hatte nichts, aber auch gar nichts wissen wollen von einem mysteriösen, frierenden, jungen Mann.

»Mann, wo ist er denn?«, sagte Joseph halb mürrisch, halb verzweifelt und stopfte die Verpackung in den überquellenden Mülleimer neben einer Bank. »Wie sollen wir ihn bloß finden?«

Yule hüpfte über die Fugen zwischen zwei Pflastersteinen hin und her. Die Hitze schien ihr von allen Geschwistern am wenigsten auszumachen. Sie summte sogar.

Joseph erkannte es nicht sofort, aber dann fiel es ihm ein: Sie summte ein Weihnachtslied – »Ihr Kinderlein kommet« –tja, vielleicht kühlte sie das ja ab.

Und dann erstarrte er.

»Wartet mal! Ich habe eine wahnsinnige Idee!«

Myriam stieß vor Schreck gegen den Mülleimer. »Wahnsinnig – ja, das glaube ich sofort«, sagte sie und rieb sich die Seite. »Und was für eine, bitteschön?«

»Na ja, die Wissenschaftler haben Weihnachten ja nicht bemerkt …«

»Weihn… ?« Myriam kniff die Augen zusammen. »Ach ja! Aber das hab ich doch schon gesagt, dass das merkwürdig ist.«

»Ja, aber … weißt du, was ich denke?«

Myriam zog die Augenbrauen hoch. »Hast du gerade ›denken‹ gesagt?«

Joseph ignorierte den Einwurf heldenhaft. »Wir haben die Rentiere erst gesehen, als …«

»Als ich ›Oh, Tannenbaum‹ gesungen habe«, rief Yule triumphierend.

»Also wenn wir jetzt wieder singen …«, begann Joseph.

»Dann locken wir den Weihnachtsmann raus!«, rief Yule und sprang mitten auf eine Fuge. »Das war aber *eigentlich* meine Idee«, stellte sie fest.

Doch niemand achtete auf sie.

»Die Leute lachen sich tot, wenn wir rumlaufen und ›Oh, Tannenbaum‹ singen!«, stöhnte Myriam.

»Du kannst ja die Augen zumachen, dann siehst du es wenigstens nicht«, sagte Yule bestimmt und zog Joseph am Ärmel. »Los, wir fangen gleich an.«

Oh ja, es lockte viele Menschen aus den Geschäften in der Fußgängerzone. Menschen, die den drei Kindern mit runden oder auch zusammengekniffenen Augen nachsahen. Manch einer winkte ihnen freundlich zu und ein junger Mann mit schwarzer Brille zeigte ihnen einen Vogel.

Aber niemand … niemand setzte ein und sang mit.

Anfangs hatte Joseph nur in die Mitte der Straße gestarrt, doch je länger er sang, desto leichter fiel es ihm und schließlich sang er lauter als seine Schwestern.

Darum merkte er nicht, dass eine immer leiser wurde und ihr immer mehr Worte fehlten …

Um ein Haar wären sie in das Brett hineingerannt. Ein waagerechtes Brett direkt vor ihnen, quer über die Straße gespannt.

»Hey, passt doch auf!«

Die beiden Männer, die es trugen, sahen wütend aus. Genau genommen der eine, sehr kräftige, vom anderen sah man nicht viel, da er hinter dem Brett steckte.

Der dicke Mann funkelte sie an. »Habt ihr keine Augen im Kopf?«

»Wir suchen den Weihnachtsmann«, sagte Yule.

»Mitten auf der Straße?«, fragte der Mann zurück und schob sich das Brett wieder auf die Schulter. »Was soll das denn sein, ein Weihnachtsmann?«

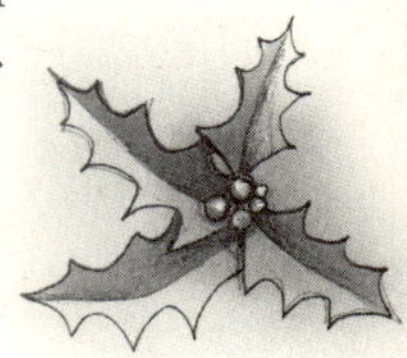

Nun blickte der andere um die Ecke.

Und Josephs Knie wurden weich.

Das Gesicht! Oh, du lieber Nikolaus – das war er doch!

Das blasse Gesicht, die tiefdunklen Augen, schwarz wie zwei Specksteine.

»Myri, Yule, ist …?«, hauchte Joseph.

Myriam nickte, erstarrt. Aber Yule zog zweifelnd die Augenbrauen zusammen.

»Sie sind der Weihnachtsmann!«, rief Joseph aufgeregt.

»*Was* soll ich sein?«

Der Mann runzelte die Stirn.

»Aber … das wissen Sie doch! Morgen ist Weihnachten! Los, kommen Sie schnell mit, der Schlitten wartet!«, rief Joseph.

Jetzt hob der junge Mann die linke Augenbraue. »Schlitten, sagtest du Schlitten? Ein Schlitten soll auf mich warten? Mitten im Sommer.«

Joseph biss die Zähne zusammen. »Setz das Brett ab und komm endlich mit! Wir wissen, dass du es bist!«, zischte er. Und als ihm nichts Besseres einfiel, packte er den Mann am Ärmel.

In seiner Aufregung fiel ihm nicht auf, dass Myriam ihm nicht half. Und dass Yule nur mit großen Augen auf der Straße stand und sich nicht rührte.

Und da … da sah er es. Ja, kurz bevor der junge Mann sich lachend mit einer schnellen Armbewegung befreite.

Er hatte keine Gänsehaut am Unterarm.

Der Unterarm war sonnengebräunt. Und praktisch haarfrei.

Joseph prallte zurück. »Entschuldigung«, flüsterte er. »Ich … wir haben Sie wohl verwechselt.«

Der Mann zuckte die Achseln. »Soll vorkommen.«

Er wandte sich ab. Aber bevor er das tat, warf er Joseph noch einen langen, misstrauischen Blick zu.

Und Joseph sah, dass seine Augen grün schimmerten.

Nicht einmal eine Stunde später saßen sie zusammen am Brunnen, mutlos und still. Von Zeit zu Zeit warfen sie sich gegenseitig Blicke zu, dann senkten sich ihre Augen wieder.

»Wir haben noch was anderes falsch gemacht«, stellte Yule plötzlich fest.

»Oh Mann.« Joseph verdrehte die Augen. »Was denn jetzt noch?«

»Weiß nicht.« Yule drehte sich um, setzte ihre Füße samt Flip-Flops in das lauwarme Wasser und kicherte, weil die Flip-Flops unbedingt an die Wasseroberfläche wollten und sie sie unbedingt immer wieder hinunterdrücken musste.

»Yule, überleg doch mal mit!«, seufzte Joseph.

Yule hörte auf zu plantschen und sah ihn ernsthaft an.

»Wir streiten und streiten. Immerzu. Das mag der Weihnachtsmann bestimmt nicht. Mama mag das ja auch nicht. Und Papa …« Sie senkte den Kopf und bearbeitete wieder das Wasser.

»Haha, aber die dürfen immer streiten«, murmelte Joseph.

Er ließ den Kopf hängen. »Wir könnten natürlich mal *versuchen*, nicht zu streiten«, schlug er schließlich zögernd vor.

»Okay.« Myriam zuckte die Achseln und starrte in den gleißenden Himmel.

Plötzlich kicherte sie. »Hihi, da kommt unser Direx. Der kommt genau auf uns zu. Und er starrt mich so komisch an.«

»Oh, Mann«, stöhnte Joseph. »Wir waren heute doch nicht in der Schule und wenn … Wir müssen weg, los!«, zischte er. »Wenn er uns zu Mama bringt und ihr erzählt, dass wir nicht in der Schule waren, dann tschüss, Weihnachten.« Er zog seine kleine Schwester aus dem Brunnen.

Myriam aber blieb sitzen. Und … was machte sie denn da? Winkte sie dem Direx etwa zu?

»Myri?«, fragte Joseph zögernd. Und dann panisch: »Myri!«

Sie wandte sich nach ihm um und sah ihn an und da begriff Joseph es endlich. Ja, er begriff das Entsetzliche: Myriam hatte vergessen. Sie war geworden wie alle anderen – wie ihre Mutter und ihre Oma und … oh, wie furchtbar!

Er hatte keine Zeit, darüber nachzudenken, keine Sekunde. Denn hier war ihr Direktor – gar nicht weit entfernt – und er setzte sich gerade mit festem Blick in Bewegung.

»Myri, komm«, sagte er und zog an ihrem T-Shirt-Ärmel.

Myriam sprang auf. »Cool«, sagte sie. »Lasst uns abhauen!«

Und kichernd rannte sie los. Genau wie früher, als

Myriam noch mit Joseph und seinen Freunden Banden gespielt hatte.

»Zum Bahnhof!«, rief Joseph seiner großen Schwester hinterher. Sie schien es verstanden zu haben, denn sie rannte direkt in die schmale Seitenstraße hinein, wo es diesen geheimen Geheimweg gab, den nur Myriam und Joseph kannten. Den – hoffentlich – nur Myriam und Joseph kannten.

Joseph nahm Yule an die Hand. »Los, Yule, und jetzt rennen wir«, flüsterte er.

Im Brunnen strudelten einsam zwei neongelbe Flip-Flops, um die sich weiter niemand mehr kümmerte.

Vergessen

Myriam ließ sich auf die Plastikbank der Vorortbahn fallen und lachte glücklich. »Wohin fahren wir denn überhaupt?«

»Zu Oma doch«, sagte Joseph und spürte, wie die Verzweiflung ihm die Kehle zudrückte.

»Müssen wir nicht nach Hause?«

»Nö, jetzt doch noch nicht«, sagte Yule und zeichnete mit ihrem nackten rechten Zeh einen Stern auf den staubigen Boden des Zuges.

Joseph ließ sich auf die Bank fallen.

»Es wäre echt besser gewesen, dich bei Oma zu lassen«, sagte er verzweifelt. »Immer hältst du einen auf.«

Yule sah ihn mit nassen Augen an.

»Du bist fies. Immer tut ihr, als ob ich so winzig wäre wie … wie eine Ameise!«

Joseph sah schnell weg, aber Myriam sagte glucksend: »Nö, Yule, eine Feuerwanze bist du wenigstens schon. Und wenn du so weiterwächst, bist du nächstes Jahr so groß wie eine Kellerassel. Aua – hau mich nicht!«

Jetzt kicherten sie beide und dachten sich immer neue Insekten aus. Joseph lehnte den Kopf gegen die Scheibe und sah zu, wie ihr kleines Städtchen im Abendlicht zurückblieb.

Und wenn er auch alles vergessen würde?

Wenn sich Weihnachten aus seinem Kopf davonstehlen würde, still und heimlich und unwiederbringlich, so wie bei Myriam?

Dann wäre Weihnachten endgültig aus der Welt verschwunden und niemand, niemand würde auf die Idee kommen, es zurückzuholen. Niemand würde das Geheimnis des kalten Berges mehr erkennen.

Papa würde in München bleiben und hätte überhaupt keinen Grund mehr, nach Hause zu kommen.

Joseph drückte seine heiße Wange gegen die Scheibe und versuchte nicht zu weinen.

Er forschte in seinem Gedächtnis nach. Doch, es

war alles noch da, bestimmt. Wie hieß noch gleich das alte Lied, das Myriam auf dem kalten Berg gesungen hatte?

Aber das machte bestimmt nichts, dass er sich daran nicht mehr erinnern konnte, oder?

Und wie hieß das andere Lied? Das, das Myriam danach gesungen hatte? Sosehr er nachdachte: Auch das wollte ihm nicht mehr einfallen.

Die allerersten Sterne funkelten am Himmel.

Es war angenehm kühl, so kühl, dass ihre Groß-

mutter ein Feuer in ihrem winzigen Kamin angezündet hatte, das jetzt vor sich hin puffte und knisterte, als ob es sie aufheitern wollte.

Keiner von ihnen hatte viel zu Abend gegessen und schließlich war ihre Oma brummig geworden und hatte den alten Kupfertopf auf den Herd gestellt, um ihnen einen Kakao zu kochen.

»Eure Mutter hat angerufen!«, sagte sie, als sie ihren Enkeln jeweils eine Tasse mit Kakao reichte (inklusive Sahnehaube, weil Yule die doch so liebte).

Joseph schwieg, er hatte Kopfschmerzen.

»Ich habe ihr versprochen, dass ich euch morgen wieder nach Hause schicke«, sagte ihre Großmutter streng. »Ihr habt alle drei die Schule geschwänzt, hat sie gesagt.«

»Och, Oma«, seufzte Myriam. »Schulpflicht heißt: Die Schule hat die Pflicht, voll cool zu sein, damit wir gerne hingehen. Ist doch klar! Sonst hieße es doch: Schülerpflicht, wenn wir die Pflicht hätten, zur Schule zu gehen, obwohl sie voll uncool ist. Und außerdem haben wir unsere Schulrucksäcke gar nicht dabei.«

»Ist das etwa meine Schuld?«, fragte ihre Großmutter zurück.

Joseph hörte nur mit halbem Ohr zu, aber auch Yule sagte keinen Ton. Sie war den ganzen Abend still gewesen. Jetzt streichelte sie langsam und nachdenklich den Kater, der auf dem Flickenteppich vor dem Kamin lag und schnurrte.

Ihre Oma erhob sich, dass ihre Knochen knackten.

»Ich gehe jetzt ins Bett«, stellte sie fest. »Damit ich euch morgen Früh rechtzeitig wecken kann. Komm, Onkel Bertil, willst du mit?« Onkel Bertil zuckte nur mit dem linken Ohr und starrte weiter mit halbgeschlossenen Augen in die tanzenden Flammen.

»Na, dann nicht«, murmelte ihre Oma und kurze Zeit darauf hörten sie sie die Treppe hinauftapsen.

Draußen senkte sich die Dunkelheit über den Garten und die Glyzinie an der Hauswand duftete so stark, als wolle sie sich selbst betäuben.

Und da, da wickelte auch Joseph das Vergessen sanft ein. All die komplizierten Gedanken verließen ihn und es wurde ganz ruhig in ihm drin und Joseph lächelte.

Das Feuer knisterte. Die Zeit tropfte dahin.

Morgen würde der vierundzwanzigste Dezember vorüberziehen wie ein weiterer strahlender Sommertag und nichts würde sich an diesem endlosen Sommer mehr ändern.

Morgen, dachte Joseph, morgen würde er mit ein paar Freunden ins Freibad gehen, das war schon mal klar. Vielleicht würde er sich endlich trauen, einen Köpfer vom Dreier zu machen wie Felix …

Naja, nach der Schule natürlich.

Hinter Josephs Rücken aber flüsterte die kleine Yule dem alten Kater etwas zu: »Weihnachten. Ich möchte Weihnachten wiederhaben. Mit Papa.« Eine Träne lief ihr langsam die Wange hinunter.

»Und weißt du was?«, fragte sie den Kater plötzlich. »Ich weiß, wie wir es wieder zurückbekommen!« Katzenleise sprang sie auf ihre Füße. »Komm, Onkel Bertil.«

Onkel Bertil stand auf, reckte sich ausgiebig und folgte ihr hinaus in die Nacht.

Und niemand merkte, wie die Tür sich leise öffnete und wieder schloss.

Myriam starrte in die Flammen. Das Feuer war immer noch freundlich und aufmunternd mit sich selbst beschäftigt. Manchmal klang es, als wolle es ihr etwas erzählen.

Aber was?

Sie stöhnte auf: »Morgen muss ich den Französisch-Test bestimmt nachschreiben.«

»Gehst du danach auch ins Freibad?«, fragte Joseph träge.

Die Augen fielen Myriam zu, wieder und wieder.

»Wenn Sara Zeit hat«, sagte sie, streckte die Beine aus und wackelte mit den Zehen.

»Hoffentlich müssen wir dann nicht wieder die ganze Zeit auf Yule und Elias aufpassen«, setzte sie hinzu.

Niemand sagte etwas.

»Könnt ihr morgen mit Elias' großem Bruder ins Freibad gehen, Yule?«, fragte Myriam, ohne sich umzudrehen.

Keine Antwort.

War Yule etwa schon eingeschlafen?

Myriam drehte sich um.

Niemand saß mehr hinter ihr.

»Joseph, wo ist Yule?«

Joseph starrte sie an. »Oh, oh.«

»Wieso oh, oh?«

»Weil ich dachte, das komische Quietschen sei nur in meinem Kopf.«

»Wieso quietscht du denn im Kopf?«

»Tu ich ja gar nicht. Jetzt weiß ich, was da wirklich gequietscht hat.«

»Und was?«

»Das Garagentor.«

Eine verzweifelte Jagd

Puh, war das Fahrrad groß! Aber sie hatte gar keine Zeit, Angst zu haben. Entschlossen setzte Yule ihren rechten Hausschuh auf die Pedale von Omas Fahrrad. Sie drehte sich um.

»Kommst du, Onkel Bertil?«

Der Kater sah sie an mit seinen nebelgrauen Augen. Und … sprang.

»Uff«, machte Yule, als er auf dem Gepäckträger landete und das Rad beschloss, umzufallen. Aber nein, es fiel nicht um, denn Yule war ziemlich stark.

Schwankend rollte das Rad die Auffahrt hinunter und schlingerte knapp um den Gartenzaun herum. Geschafft!

Natürlich musste man im Stehen fahren, wenn man noch nicht so groß war wie Oma.

Huh, das Fahrrad flog richtig dahin. Ob Onkel Bertils Ohren im Wind flatterten?

Yule traute sich nicht, sich umzudrehen.

Myriam und Joseph stürzten aus dem Haus. Und dort – in der Dunkelheit – lag die Garage mit weit offenem Maul vor ihnen. Ein Springseil hing halb die Auffahrt hinunter und es sah so aus, als strecke die Garage ihnen die Zunge heraus.

»Verflixt …«, murmelte Myriam.

Joseph war schon in die Garage gestürzt. »Das Rad ist weg! Omas Rad ist weg!«

»Das ist doch viel zu groß für Yule!«, rief Myriam.

Joseph schob das Rad seines Großvaters ins Freie.

»Wo ist sie bloß hingefahren?«, fragte Myriam.

Joseph sah sie ratlos an. Er wusste, dass es irgendetwas gab, an das er sich erinnern musste. Und er strengte seinen Kopf an, so sehr, dass es in seinen Ohren brummte.

»Zum … kalten Berg?«

Er schob ihr das Opa-Rad entgegen. »Ich setze mich hintendrauf.«

Myriam starrte ihn an. »Moment!«

Sie verschwand im Haus, um wenige Sekunden später beladen mit Omas alten Mänteln und Mützen und zwei Gummistiefeln zurückzukehren.

Die ersten Meter schlingerte das Fahrrad wie ein betrunkener Esel, aber als es den abschüssigen Weg zur Straße hinunterrollte, hatte es sich gefangen.

»Wir können ja auch mal tauschen«, schlug Joseph vor.

»Klar«, keuchte Myriam und dann trat sie in die Pedalen, dass die Straße unter ihnen anfing zu singen.

Durch das Pochen in seinen Ohren konnte Joseph sie rufen hören: »Was will Yule denn bloß auf dem kalten Berg?«

Joseph versuchte ein weiteres Mal in seinem dunklen Kopf zu graben, aber dann zuckte er hilflos die Achseln. »Weiß ich nicht, ich weiß nur, dass man da erfrieren kann.«

Die Angst packte ihn. Ja, das war richtig, das fühlte er: Der Berg war unendlich gefährlich. Und sie

mussten, sie mussten Yule vor etwas Schrecklichem retten.

Nun glitten sie auf der dunklen Straße dahin, ein weiteres Mal an dem schweigenden Maisfeld vorbei.

»Myri … da hinten … ist das nicht Yule?«, rief Joseph.

Weit, weit vor ihnen, kaum noch erkennbar, rollte ein anderes Rad durch die Dunkelheit. Myriam kniff die Augen etwas zusammen. »Wer … sitzt … denn da … auf dem Gepäckträger?«

»Onkel Bertil?«, fragte Joseph ungläubig.

Das ferne Rad schien zu fliegen. Schon war es hinter einer Biegung verschwunden.

Aber sie rasten auch. Ja, sie rasten, als hätten sie einen Raketenantrieb, so einen, wie Joseph ihn immer erfinden wollte.

Sie rasten, bis Myriam plötzlich anhielt und auch wie ein Raketenantrieb klang. Aber wie ein kaputter, stotternder. »Kann … nicht … mehr.«

»Soll ich?«

Myriam nickte nur. Und dann durfte sie auf dem

Gepäckträger Platz nehmen und Joseph übernahm die Pedalen und Myriam half ihm, indem sie sich mit ihren Füßen immer vom Asphalt abstieß, wenn das Rad zu sehr wackelte.

Der Wind blies stärker, und er schien die Richtung gewechselt zu haben wie alle Winde auf dieser Welt, sobald man auf dem Fahrrad sitzt – er blies Joseph entgegen.

Als wolle er ihn davon abhalten, Yule einzuholen. Joseph biss die Zähne zusammen. Nein … auch wenn er aus den Augenwinkeln schon rote Kreise sah … nein, er würde nicht aufgeben. Und er stemmte sich in die Pedalen.

Das andere, kleine, dunkle Rad konnten sie nicht wieder entdecken. Die Straße aber … sie streckte und dehnte sich unendlich in die Dunkelheit hinein.

Der Wald.

»Sieh mal, Myriam, da ist Omas Rad!«

Joseph spähte in die Dunkelheit. »Wir müssen Yule erwischen, bevor sie den Berg betritt«, sagte Joseph entschieden. Ihre kleine Schwester hatte nur einen Schlafanzug und Hausschuhe an. Die Kälte würde sie in Minuten lähmen.

Myriam fing an zu rennen und Joseph setzte sich ebenfalls in Trab. Schweiß lief ihnen über die Augenbrauen und jeder Atemzug brannte.

Da … war das nicht der dunkle Berg?

Wurde es nicht schon kühler?

Der Wind schien gemerkt zu haben, dass sie sich näherten, und er verdoppelte seine Kraft. Myriams Locken flatterten. Die Tränen liefen ihr die Wangen hinunter. Ihre Oberschenkel taten so weh … sie würde es nicht schaffen … sie … doch da fühlte sie Josephs Jungenhand in ihrer.

Zwischen den Bäumen bewegten sich schnelle Schatten – die Hunde. Lautlos begleiteten sie die Kinder.

»Komm!«, flüsterte Joseph. Und sie rannten weiter und die Sterne tanzten über ihnen.

Jetzt knisterte die Luft schon vor Kälte – es konnte nicht mehr weit sein.

Es *durfte* nicht mehr weit sein!

Joseph blieb stehen. Täuschte er sich? Oder waren dort in der Dunkelheit Schritte? Viele Schritte wie von mehreren Menschen?

»Myri, hörst du das?«

Myriam nickte. Sie zog die Stirn kraus.

Die Schritte verstummten. Ein Taschenlampenstrahl strich durch die Bäume.

Die Wissenschaftler waren ihnen auf den Fersen! Denn schließlich waren Joseph und Myriam keine Indianer; kleine Zweige knackten unter ihren Füßen.

»Halt! Stehen bleiben habe ich gesagt! Es ist streng verboten, den Berg zu betreten! Lebensgefahr!«

Ob die Lebensgefahr Yule schon fest in die Arme genommen hatte?

Joseph rannte schneller, Tränen liefen ihm aus den Augen.

Die Hunde aber stoben jetzt an ihnen vorüber und verschwanden in der Finsternis und Joseph fühlte sich plötzlich allein. Doch der Berg wartete im Mondlicht auf sie und seine Kälte nahm Joseph fast den Atem.

Der kleine Pfad – dort wand er sich den Berg hinauf. Sie rannten durch das Mondlicht über das gefrorene Gras.

»Du liebe Güte, das sind ja Kinder!«, kam eine tiefe Stimme aus dem Wald. Schwere Schritte, brechende Zweige, immer näher.

Joseph sah dunkle Schatten lautlos den Pfad hinaufhuschen: die Hunde. Nun waren sie zwischen den Bäumen verschwunden. Es überlief ihn heiß: Bestimmt würden sie Yule finden. Sie mussten ihnen nur auf der Spur bleiben.

Sie stolperten den kleinen Pfad hinauf, der Schnee wirbelte um ihre Füße.

Dort – dort waren die Spuren der Hunde. Und … da … zwischen den Pfotenabdrücken … im Zwielicht unter den Bäumen: Fußspuren. Kleine Hausschuhspuren.

»Kinder, seid nicht dumm, bleibt endlich stehen! Auf dem Berg ist nur Kälte. Tödliche Kälte!«, rief die tiefe Stimme wieder.

Jetzt sahen sie die Wissenschaftler von unten auf sich zulaufen. Schwer wie Bären, in dunkler Schutzkleidung und mit Atemmasken. Wie unheimlich sie aussahen!

Joseph packte wieder Myriams Hand, sein Herz raste. Und plötzlich wusste er es wieder.

Alles.

»Dort ist Weihnachten!«, schrie er den dunklen Gestalten zu. »Und meine Schwester will es retten. Sie erfriert aber, wenn wir nicht rennen!«

»Sei doch nicht dumm, Junge!«, kam die helle Stimme einer Wissenschaftlerin dort aus dem Haufen. »Das ist eine Kälteinsel, und bald werden sich noch viel mehr davon hier im Land erheben.«

Da blieb eine andere Gestalt stehen.

»Das ist aber noch nicht gesichert, Helena«, sagte jemand vorwurfsvoll. »Möglicherweise handelt es sich auch um ein Solitärereignis.«

»Aber Johannes! Du hast doch ebenfalls den Artikel in der Zeitschrift ›Nature‹ …«

»Aber wir waren uns einig, dass …!«

Die Stimmen wurden immer schriller und gereizter.

Ein eiskalter Luftzug traf Joseph im Nacken. Er wirbelte herum.

Die schneebeladenen Äste der Bäume schwankten. Glitzernd stäubte der Schnee auf, formte sich zu Wirbeln und tobte den Berg hinab.

»Myriam!«, schrie Joseph entsetzt auf. »Der eiskalte Sturm! Yule! Wir schaffen es nicht mehr!«

Und jetzt passierte das Merkwürdigste von allem. Denn der Sturm tobte an Joseph und Myriam vorbei, ohne sie zu berühren. Als stünden sie in seinem warmen, windstillen Auge. Dabei fegte er nicht nur den Schnee von den Bäumen, sondern auch die Wissenschaftler den Berg hinab. Sie mussten sich die Arme vor die Augen halten, um sich vor den Eisnadeln, die der Sturm von den Bäumen gerissen hatte, zu schützen. Der eine oder andere versuchte, sich gegen die Gewalt des Sturmes zu stemmen, aber der Wind trieb sie einfach hinab, ließ sie taumeln, in den Schnee stürzen und den Hang hinabrollen wie kleine Kinder. Atemlos sahen Myriam und Joseph zu.

Oberhalb von Myriam und Joseph aber beruhigte sich das Wetter. Ein paar zarte Schneewirbel tanzten noch unter den Bäumen wie lebhafte Geister. Dann verschwanden auch sie.

»Komm, Myri«, sagte Joseph heiser. »Jetzt retten wir endlich Yule.«

Schnee … und Stille. Kein Laut von den Hunden. Kein Laut überhaupt. Nirgendwo das zarte Klingeln, nur eine zitternde Spannung in der Luft, als hielte der ganze Berg den Atem an.

Myriam und Joseph blieben stehen und lauschten und meinten ihre Ohren wüchsen, bis sie so groß waren wie das Weltall. War da nirgendwo Hundegebell?

»Oh nein!«, flüsterte Joseph entsetzt. »Die Spuren sind verschwunden! Der Sturm hat sie fortgeblasen!«

Glatt, pudrig und unberührt lag der feine Schnee unter den Tannen.

In größter Gefahr

»So ein Mist!«, fauchte Myriam. Sie stürzte vorwärts. »Alles weg!«

Sie drehte sich zu Joseph um und Joseph sah, dass der Berg bei Myriam denselben Zauber bewirkt hatte wie bei ihm: Die Erinnerung war zurückgekehrt.

Da schossen ihm die Tränen in die Augen.

»Egal«, murmelte er. »Ich finde sie!«

Myriam sah ihn an. Sie griff wieder nach seiner Hand. »Okay, wir finden sie zusammen!«

Diesmal zog Myriam ihren Bruder. Aufwärts, immer aufwärts.

Und da …

»Hörst du das?«, flüsterte Joseph Myriam zu.

Myriam schlug sich an die Stirn. »Onkel Bertil«, rief sie. »Wir haben Onkel Bertil ganz vergessen!«

Und wirklich: Vor ihnen durch die dunklen

Bäume drängte sich ein schwarzer Kater und je näher er kam, desto lauter wurde sein Miauen.

»Der will uns zu Yule bringen!«, rief Joseph und rannte los.

Bevor sie den Kater erreicht hatten, machte er schon wieder kehrt, um in großen Sätzen den Berg hinaufzuspringen.

»Mann, guckt der vorwurfsvoll!«, keuchte Myriam.

»Tut er doch immer«, keuchte Joseph zurück.

»Nee, das war *noch* vorwurfsvoller als sonst!«

Und dann legten sie noch einmal einen Zahn zu, knisternd vor Hoffnung.

»Da, sieh mal!«, hauchte Myriam.

Ein Stück weiter oben öffnete sich eine kleine Lichtung. Es war heller dort, als strahle der Schnee selbst ein warmes, kerzenflammenartiges Licht aus.

Die Hunde … ja, das mussten die Hunde sein, dieser dunkle Klumpen dort auf der Lichtung. Aber warum rührten sie sich nicht? Was schützten sie dort vor ihren Augen?

Ihre Herzen hämmerten, mit letzter Kraft rannten Myriam und Joseph über die Lichtung.

Sie saß dort, inmitten der Hundeschar. Die Tiere drängten sich so dicht um die kleine, kauernde Gestalt, dass Joseph und Myriam zunächst nicht sehen konnten, was sie dort machte.

Aber dann …

Sie … sie streichelte den Schnee. Vorsichtige, immer gleiche Bewegungen. Und dabei summte sie etwas, das begriff Joseph noch, bevor er sie hochhob.

Sie war so leicht.

»Yule«, schluchzte Myriam, als sie Yule umarmte.

»Da seid ihr ja«, stellte Yule fest und schaute erst Joseph und dann Myriam an und lächelte.

Sie hielten sich fest, alle drei, so fest.

Sie dachten an ihren Vater und an ihre Mutter und an ihre Oma, und dann wieder an ihren Vater …

Und nach der Erinnerung kehrte die Sehnsucht nach Weihnachten zurück.

Aber da …

Da begann der Berg zu fließen.

Als ob ein Topf voller Nebel überkoche, so wirbelte der Schnee um ihre Füße. Die Luft glitzerte und schmeckte nach Raureif und Winter und der Schnee … der Schnee floss über das Land wie eine wilde Flut, malte die alten Weiden hinter dem Bach an, die Reet gedeckten Dächer und die Dachziegel, er glitt über die Felder und Weiden und puderte über die Eichen beim alten Fachwerkhof.

Der Winter breitete sich aus wie eine weiche Decke.

Und mit ihm kam Weihnachten.

War es ein Duft? Glitzerten die Sterne stärker als zuvor? War es die Erwartung, die in der Luft prickelte?

Sie wussten es nicht. Sie wussten nur, dass jetzt alles gut war.

Und plötzlich fiel Joseph ein, welches Lied Yule

gesummt hatte, als er sie hochgehoben hatte. Natürlich: »Morgen kommt der Weihnachtsmann«!

Sie blickten zur Bergspitze hinauf in den dunklen Himmel und sahen, wie sie langsam dahinschmolz, je weiter Weihnachten sich über das Land ausbreitete. Sie sahen all die Nadelbäume auf geheimnisvolle Art und Weise verschwinden und wie selbstverständlich wussten sie, dass sie auf allen Weihnachtsmärkten des Landes erscheinen würden und überall dort, wo man noch Weihnachtsbäume brauchte.

Sie sahen die Hunde fröhlich bellend zu Tal strudeln. Sie meinten, die Rentiere zu sehen. Und wehte da nicht der prächtige samtene Schlitten vorbei? War das nicht? … Schon vorbei.

Yule schmiegte ihr Gesicht an Josephs Schulter und barg ihre eiskalten Hände an seinem Hals. Und Myriam hob Onkel Bertil hoch und legte sich den Kater über die Schulter und sie gingen fort, durch den tanzenden, stürmischen Schnee.

»Wie bist du nur darauf gekommen?«, fragte Myiam die kleine Gestalt an Josephs Schulter. Und beide hörten sie Yule an Josephs Hals murmeln: »Ich weiß nicht. Onkel Bertil streckt sich doch auch aus, wenn ich ihn streichele.«

Sie hob den Kopf und sah Myriam in die Augen.

»Ich bin gar nicht zu klein für alles, oder, Myriam, oder, Joseph?«

Joseph antwortete nicht. Er drückte nur ihren Kopf zurück an seine Schulter.

Und dann … dann wussten sie nichts mehr.

Die Rückkehr

Dick und weich lag der Schnee auf den Apfelbäumen im Garten. Eine blasse Wintersonne schwebte über dem alten Flieder. Omas buntes Spinnennetz zwischen den Bäumen glänzte gefroren im Winterlicht.

»Aaah!« Joseph prallte zurück. Jemand starrte ihn an. Jemand mit Hut und Bart und runden schwarzen Augen.

Puuuh, nur ein Schneemann.

Ein Schneeball knallte gegen das Fenster. Lautes Mädchengekicher.

Joseph kniff die Augen zusammen. Wieso waren seine Schwestern eigentlich schon wach? Dann sprang er, so schnell er konnte, in seine Hose. Wenig später sah das keckernde Eichhörnchen auf der höchsten Spitze der Fichte jenseits des Gartenzaunes mit runden Augen drei kleinen Menschen zu, wie sie das weiße Zeugs im Garten durchpflügten und lachend damit aufeinander warfen.

Heiligabend! Heute Nacht war die heilige Nacht. Wenn Myriam die Augen schloss, konnte sie die leise, glockenklare Musik hören, ganz deutlich. »Kling, Glöckchen, klingelingeling« – Sie lächelte.

Dann gab sie ihrer Großmutter einen Kuss.

Klein und schmal stand sie dort auf der Schwelle, in Opas riesigen schwarzen Wollmantel gehüllt.

»Komm doch mit, Oma, bitte, bitte«, bettelte Yule.

Nun gab ihre Oma Yule einen Kuss auf den Kopf.

»Nein.«

»Echt nicht?«, fragte Myriam.

»Es ist Zeit, euren Großvater zu suchen«, sagte die alte Dame. Sie steckte ihre Hände in die Mantelärmel und lächelte.

»Kannst du das nicht nach Weihnachten tun?«, fragte Joseph.

Ihre Oma legte den Kopf schief und sah sie der Reihe nach an. »Nein, ich glaube, Weihnachten ist genau die richtige Zeit, um jemanden zu suchen.« Sie kratzte sich nachdenklich am Nacken. »Dann sind die Züge so schön voll.«

»Kannst ja ein paar Sojawürstchen im Zug verteilen«, meinte Myriam.

Die Großmutter zog die Augenbrauen zusammen und betrachtete ihre Enkel, die sich vor Lachen beinahe am Boden rollten. »Irgendwann erzählt ihr mir einmal, was an Sojawürstchen so witzig ist, ja?«

Das versprachen sie ihr.

Sie kicherten noch den Weg hinunter zum Bahnhof, immer wieder brachen Gluckser aus ihnen heraus, wie kleine Fische, die an die Seeoberfläche stoßen.

Wie viele Menschen auf den Straßen des kleinen Dorfes unterwegs waren! Ein Mann zog seine beiden Kinder auf dem Schlitten über die verschneite Dorfstraße. »Fröhliche Weihnachten!«, rief er ihnen zu. Überhaupt schienen alle, die sie trafen, gute Laune zu haben.

»Fröhliche Weihnachten!«, schwirrte es überall durch die Luft. Und: »Euch auch!«

Der Schnee knirschte unter ihren Füßen. Niemand hatte bisher geräumt. Auch der kleine Bahnsteig war tief verschneit, auf jeder Stufe lag schon platt getrampelter Schnee. Ja, selbst auf den kleinsten Signalschildern erhoben sich pudrige Haufen.

Der Gegenzug lief in den Bahnhof ein, ein paar Menschen stiegen aus. Manche wurden erwartet und umarmt, andere sprachen in ihr Handy und machten sich schnell auf den Weg ins Dorf.

Nur ein hochgewachsener, alter Mann blieb auf dem Bahnsteig stehen und sah sich um, als suche er etwas.

Er trug eine altmodische Winterjacke und eine bunt geringelte Wollmütze und er erinnerte Joseph an irgendjemanden, den er schon einmal getroffen hatte. Nur, dass Joseph beim besten Willen nicht darauf kam, an wen.

Als der Blick des alten Mannes Joseph streifte, zwinkerte er ihm zu. Dann wandte er sich ab und schritt gemächlich den Bahnsteig entlang. Hinten aus seiner Wollmütze quoll ein langer grauer, geflochtener Zopf und aus seiner Winterjacke hingen ein paar Lederfransen.

Komisch, woher kam plötzlich dieser Flockenwirbel, der den ganzen Bahnsteig einhüllte und die Menschen aufquietschen ließ?

Als der Schnee sich legte, war der Mann verschwunden. Wie sehr Joseph sich auch um seine Achse drehte, nirgendwo war er mehr zu sehen.

Joseph schüttelte nachdenklich den Kopf.

Aber dann zog Yule ihn am Arm. »Komm, Joseph, der Zug wartet!«

»Papa ist da!«, schrie Yule. »Papa ist da! Papa ist da!«

Und wirklich: Da stand er im Vorgarten mit seiner russischen Wintermütze und einer Schneeschaufel in der Hand und als er sie sah, ließ er die Schaufel fallen und breitete seine Arme aus.

Erst trabte Joseph los, dann rannte er … und Myriam ebenfalls. Sie passten alle in die Arme ihres

Vaters hinein. Und die alte Holzfällerjacke roch, wie sie immer schon gerochen hatte, so lange sie sich erinnern konnten.

»Helft ihr mir, den Weihnachtsbaum hineinzutragen?«, fragte ihr Vater und lächelte sie an.

Danksagung

Andreas Schaale hat Weihnachten aus der Welt geklaut und dann gesagt: »Suchen.« Und wenn ich es gefunden habe, hat er gesagt, könnte ich es auch gleich mit zurückbringen.

Was ich hiermit getan habe.

Anja Koeseling hat bestimmt: »Da machen wir ein Buch draus.« Meistens hat sie Recht.

Tja – hier ist es.

Emily Huggins ist eine wundervolle Geschichtengärtnerin: Sie weiß genau, wo man düngen muss und wo man den einen oder anderen Trieb besser abschneidet.

Alexander S. Neill hat vor längerer Zeit ein Buch geschrieben, vor dem ich mich immer einmal verbeugen wollte.

Was hiermit geschieht.

Und meine allerliebste Familie hat das getan, was sie zum Glück meistens tut: mich ertragen und trotzdem lieb gehabt.

Dafür möchte ich ihnen allen danken.

© Johannes Heinke

Anna Herzog lebt mit Mann, vier Kindern und einer wechselnden Tierschar in einem alten Haus im Ruhrgebiet. Eigentlich ist sie Ärztin. Wenn sie nicht gerade schreibt. Sie liebt kalte Länder und hat ein gewisses Faible für anständigen Pulverschnee, schwere Holzschlitten und Schneemonster in unterschiedlichen Größen. Außerdem glaubt sie an den Weihnachtsmann. Sicherheitshalber.

© Johannes Heinke

Joëlle Tourlonias, geboren 1985 in Hanau, hat Visuelle Kommunikation mit Schwerpunkt Illustration und Malerei an der Bauhaus Universität Weimar studiert. 2009 machte sie sich selbstständig und zeichnet, malt, lebt und liebt momentan in Düsseldorf.

Ravensburger Bücher

Leinen los,
hier kommt die Pfotenbande!

Usch Luhn

Lotta rettet die Welpen

Die Pfotenbande, Band 1

Leni, Henry, Paula und Max sind entsetzt: Ihre neue Lehrerin Frau Rabe ist total streng. Außerdem kann sie überhaupt nicht mit Hunden umgehen. Und ihr fieser Freund führt irgendetwas im Schilde ... Die Freunde machen sich sofort daran, den Fall aufzuklären. Gut, dass ihre vier Hunde sie niemals im Stich lassen. Denn ein ganzer Wurf süßer Welpen braucht dringend die Hilfe der Pfotenbande!

ISBN 978-3-473-**40604**-3
www.ravensburger.de

Ravensburger

RTB_15_117